双峰文丛

归去来

韩少功 著

山東畫報出版社

目 录

飞过蓝天

它是一只鸽子，但有人的名字，叫晶晶。

它饿了，落在屋檐咕咕叫，左顾右盼，总希望看到那个人的身影。晚霞已越来越暗，炊烟已快飘尽。要是平常，那个人早就回来了，担着柴，或扛着锄头，或提着柴刀，老远打响一个长长的呼哨。于是，晶晶飞过去，落在那个带有汗渍气味的肩上，挺胸四顾，得意扬扬，尾巴在主人脸上挤挤蹭蹭。那个人会轻轻抚摸它，从口袋摸出一把稻谷或绿豆，有时还有它吃上了瘾的野葡萄。

那个人把晶晶的名字叫得多了，它知道那就是自己的名字。它迎上去，任主人给它梳毛，任主人给它装哨子，在自己难受的时候，任主人填喂一种气味奇怪的白色粉末。有时候，他会带着它出门旅行，一次比一次走得更远，于是它兴奋无比，翅膀越飞越健壮，升腾和俯冲的动作越来越熟练，掠过附近一个大湖的时间也一次次缩短。如果带上足够的食物，它相信自己几乎可以啄来天上那些熠熠闪光的银色颗粒。

它当然不能全部听懂主人的话，但也能慢慢琢磨出对方的很多意思。比方说一声呼哨，那是他召唤它。比方说拍几声巴掌，那是他放飞它。如果几声巴掌之后还加一声“着——”，那它就得飞向北山，飞越大岭，飞到山谷里一间木屋前。它在那里会见到一个女人，就是一个长头发的人。对方解下它腿上的一个小竹筒，取出里面的纸条。

当它从长发人那里带回了纸条，主人常常会

笑容满面。“这样快？老子要给你提高工分！”他可能这样说。“亲爱的，你是我的幸运之神。求求你，行行好，不会带来什么坏消息吧？”有一次他还这样说。

一般来说，他看完纸条后会特别高兴，挠挠脑袋，伸伸手臂，在地上翻一个跟头，摸出一个闪亮的铁匣子塞进口里左右拉动。奇妙的声音就在这时发出来了，像清晨雀噪，像流水回环，像阳光流经密林，雨点敲打绿叶……它常常在这种声音中发呆。

可现在，它很久没有去过那个木屋，没听到铁匣子里的奇妙声音，甚至好几次在例行进食的时候没有见到主人。牛犊饱了，正舔着母亲的肚皮。乳燕困了，正躲进妈妈的羽翼。人们呢，在一片片屋顶下与亲人们团聚。而它正面临着孤独与饥寒。

它要找他，要找到他。它飞到桌上，桌上只有几个臭烘烘的烟头，还有半钵剩菜。它飞到床下，床下只有破鞋烂袜。它飞到门外的大树上，四周仍然不见那个人的身影。如果说鸽子的锐目可以帮助它发现云外的来客，那么眼下不论如何睁大眼睛，它也没法发现天边那张圆乎乎的黑脸……

他是一个人，但有鸟的名字，外号叫麻雀。

在公社里整整一天的外交活动，累得他筋骨酸痛和喉干舌燥，脸部肌肉也紧张到了极点——那都是赔笑脸的结果。唉，招工，招工，招工！这件要命的事闹腾得自己脸面扫地，人不人，鬼不鬼。给公社秘书递烟，请招工师傅喝酒，装出谦恭和诚实，又迫不及待地吹牛自夸。要招有专长的人吗？你看看吧，我马上给你来一个底线切入反手上篮——嚓！这可是市甲级队主力的水平呵。不行吗？那我再给你来一段草原红卫兵之舞吧。你们要吹口琴的吗？要装收音机的吗？我还会杀猪和爬树和修锁配钥匙。可这样说出来的结果，是对方的哈哈大笑，然后还是摇头。

当然，有的知青竞争优势明显，不必这样劳神费力。他们到邮电所给局长老爹挂长途电话去了，或者到公社干部耳边打小报告去了，或者拿着钱打酒砍肉大摆宴席去了……谁都不是省油的灯，都有秘密武器，关键时刻一个个都彻底暴露，他妈的乱纷纷英豪四起一决雌雄。

他必须投入最后的一搏。现在，他坐在床上，靠着墙卷完第四支旱烟，长吁了一口气，无耻的目光落在鸽子身上。

晶晶从未发现过这种目光，感到有点紧张。

“好鸽子呀，一看就是名门出身，军鸽世家，祖上在比利时或者意大利立过战功的。行家哪看不出来？”

咕咕一声，晶晶感觉到什么，更增添了慌乱。

“不要怕，不要怕，你这样子人见人爱，人家不会把你怎么样。说不定让你更加吃香喝辣呢。”

晶晶可以听懂鸽子的语言，基本上可以听懂鸡鸣狗吠，但人的语言对于它来说还是过于复杂。它小心地继续观察着。

主人摸摸它的头，理了理它的羽毛，还从木箱里摸出半捧绿豆送到它嘴前……看来情况正常，没有什么事要发生。晶晶放心了，伸展一下翅膀，咕咕嘟嘟地表示兴奋和感激，啄掉第一颗绿豆。

主人的声音又透出了沉重：“兄弟，这事只能你来帮我一把了。实在对不起，我舍不得你走，可有什么办法呢？人家还看得上你。我也只有你这件宝贝。那个老王八蛋，那个臭杂种，居然也是个玩信鸽的家伙，居然看上你了。你说这事……”

晶晶对这种语气和脸色再一次感到奇怪。他在跟谁说话？是跟门边那条狗吗？或者是对门外那棵树吗？不然神情为什么这样陌生？

“朋友总要分手，你不要怪我，好好地跟着那个王八蛋去吧。你帮了我这一次，我一辈子记得。你要是这一次帮成了，你就是我的大恩人、大救星，我会天天为你祷告……”他已经盘腿而坐，两手合十，闭上双眼，“天灵灵，地灵灵，保佑我的兄弟一路平安，无病无灾，长生不老，阿弥陀佛……”

晶晶不懂这些声音，但懂得脸色和语气。它

不再啄食，飞到屋梁上，占据了一个随时可以逃飞的安全地带。

“吃吧，吃吧，你不要怕，下来吧。这就算咱兄弟一场，也有个告别宴会……”主人看着它，不再说话，眼里突然有了亮晶晶的东西。

也许是想让它安静，让它放松，让它最后一次听到主人的吹奏，他把铁匣子再次塞到嘴里，吹响了俄国的《三套车》，知青中的一支流行歌曲。他吹出了呼啸的雪花，颤抖的冰凌，一望无际的茫茫大雪原，还有从冷冷历史中飘来的马嘶。那是在一个异邦的河岸上，一个车夫在孤独而哀伤地歌唱——你看吧这匹可怜的老马，它跟着我走遍天涯，可恨那财主就要把它买了去，今后苦难在等着它……

晶晶觉得主人的泪花不怎么危险，咕咕一声，再次飞落桌面。

第二天一早，主人把晶晶塞进一个硬纸盒。里面多暗呵，多闷呵，多狭窄呵。鸽子开始不安地大叫，扑扑地挣扎。

主人找来剪刀，给它挖了两个方方正正的透气窗。

鸽子把头探出窗口，还在叫。

它是有点不习惯吧？主人嘀嘀咕咕，把它的食盆、衔来的树枝以及经常戏耍的乒乓球，都塞进了纸盒。

咕嘟嘟，咕嘟嘟——窗口里透出的声音仍然凄婉而惊慌。

主人提着纸盒出门了。一开始，晶晶虽有所不安，但以为现在不过是再一次出门旅行，倒也不像是什么灾难。但它渐渐有了疑心，因为过了好一阵后，它不再听到主人的说话声，更没听到口琴声。窗外有时明亮，有时昏暗，有时人多，有时人少，但都是陌生面孔和陌生话语。它还先后嗅到了汽油味、沥青味、皮革味等等它不知道的气味，先后听到了汽车喇叭声、火车轮子声、列车广播声等它不知道的声音，看来一切都非同寻常和凶多吉少。它在剧烈晃荡的黑暗中一直紧张万分，咽喉里抽出嗖嗖嗖的弱音。它只有在遇到猛兽时才有这种喉音。

窗口里塞进米粒和绿豆，还有盛着水的瓶盖，但它不吃也不喝，直到自己昏昏沉沉有点站立不稳。

不知什么时候，眼前突然变得明亮，一股新鲜空气扑面而来。是天亮了吗？是放飞了吗？是……它本能地缩紧全身，往后一坐，再猛地一弹，就箭一般射了出去。

“哎呀！你怎么搞的？随便打开盒子！我的鸽子，鸽子，鸽子哟……”一个中年人的粗嗓门留在了它身后。

一个小孩的哭泣声也留在了它身后。

晶晶不知道那些声音是什么意思，也不想知道，只是一头扑进了无边无际的开阔与自由。它又能飞了，又开始飞了，再一次让地面在翅下刷刷刷地微缩和模糊。当然，它很快就觉出些异样，忍不住打了个寒战。这是什么地方？空气太冷了，太干了，也似乎太粗硬了。它记得家乡充满着绿色，而这里黄蒙蒙的灰乎乎的。

它记得家乡流动着白雾，而这里奔跑着一浪浪迷乱的飞沙。它记得家乡的群山中，有个美丽的湖，里面总是蓝天、白云以及一只与自己相像的鸽子。湖边还有一片林子，其中靠水的那棵老树旁，有几块构成三角形的大石头。它只要找到那些石头，就可以找到穿过竹林的小路，找到熟悉的屋顶，还有主人圆乎乎的黑脸。而那一切眼下都无影无踪。

这里离家乡大概太远。

它越飞越高，想望到更远的天边，哪怕看到一丝家乡的痕迹也好。但它绕飞了一圈又一圈，仍然一无所获。它呼叫了一遍又一遍，仍然没有听到任何回应。

高空中风小了，很宁静，但寒气更重。它已经有点昏眩和疲惫，但突然有一种不祥的预感袭来，抬头一看，眼睛睁得大大的。不好，那是什么？穿透云层而来的一个黑点，不正是一只兀鹰么？黑云般的翅翼，阴森的眼光，尖嘴利爪，甚至根根须毛，都已经越来越清晰，如一股无声的阴风迅速逼近……

它只剩下一个意识——逃！

他一早醒来，觉得这个早晨少了点什么，想了好一会儿，才知道是少了鸽子的叫声。他看了看窗外屋梁上那个空空鸽笼，心里很不好受。

他恨不得抽自己两个耳光。有什么办法呢？这次鸽子外交同样失败，虽然过五关斩六将，好容易讨得了招工师傅的欢心，但在“公社推荐”这一关仍踩了地雷。他妈的，公社书记明明是想安排老上级的儿子，明明是要做一把人情，却满嘴的漂亮话。先算了他偷狗和偷菜的老账，说他思想改造还不达标，狠狠打下了他的气焰。然后又笑嘻嘻地来拍肩膀，说革命工作行行都重要，山区尤其需要知识青年，需要像你这样有文化的一代新人……呸，真是笑里藏刀的老行家呵！

一个老人喊着他的名字，咳了一声，把光光的脑袋探进房门：“还没吃早饭啦？要吹哨子了。上午在丝瓜冲散凼粪。”

“队长，我……手痛。”

“你昨天背痛，怎么今天又手痛？”

他挪下床，右手腕一弯，好像再不能伸直了，“哎哟哟，哎哟哟，怕是骨折了，怕是生了骨瘤……”

“那，那你就去看牛吧。”

“看牛……”

老队长没注意他的暗笑，吧了口烟，走了。临出门补了一句：“快些搞饭吃吧。我摘了点辣椒和黄瓜，就在门口。你那个菜园子，也要趁天晴上点粪水了。莫懒呵。”

一把菜蔬又放在门槛边——不知这是队长第几次送菜了。当然，老人的关心还包括讲授各种为人处世的道理，包括给他找一把治感冒的草药，包括给他削一根扁担或补一顶草帽。更重要的是，他不知道养鸽子有什么用，总说应该养几只下蛋的鸡。他也不知道铁哑铃有什么用，总是劝主人把它拿到铁铺去打两把好耪锄……他不知道这个城里伢身上的哪个地方接错了筋。

麻雀有点感动，但并不后悔刚才的手腕弯

曲表演术。他实在不愿在这个山冲与泥粪打交道了。记得六年前刚下乡时的情景，那时他有多么火热的幻想呵。他是瞒着母亲转户口的，是揣着诗集偷偷溜进下乡行列的。他渴望在瀑布下洗澡，在山顶上放歌，在丛林中燃起篝火，与朋友们豪迈创业就像要建起一座康帕内拉幻想中的“太阳城”。他还想靠自学当一个气象专家或林业专家，登上现代化科学的殿堂。当然，他也要让手上生出那值得自豪的硬茧，让腿上留有那英雄勋章似的伤疤。第一次上山砍竹子，他凭着年少气壮，不顾劝阻砍了百多斤。不料下山时，他逐渐跟不上队伍了，一步一跪，忍受着肩上火辣辣的痛，竟远远落到了最后。在一个急弯处，竹子太长，两端都抵住了岩石，卡得他既不能动，又放不下，加上草丛里沙沙地响，一条蛇倏然逝去，他急得哇哇哭起来……

后来，是老队长举着松明子来找到了他。

但这些并不使他泄气。那么是什么使他学会了手腕表演术呢？他想不太清楚。他只知道，第一次招工给人们的震动太大了。地位分化的可能和现实，使朋友们的热情消失得太快，算计增加得太多。关于托洛茨基和德热拉斯的讨论不知道什么时候停止，社会调查记录什么的被人们撕了卷烟，连菜园子也变得荒草丛生。对干部的顶撞，与农民的纠纷，知青户内部为大事小事发生的争吵，使大家在入睡前更多地想起了今后出路。“光阴飞快地流逝，一去不再来……”一位知青经常唱起这支印度歌。

一个个都走了。有的是靠爸爸一张字条当兵走了，有的是招工或升学了，有的则公开宣布姑娘和金钱是目标，户口也不要，藏着匕首下山。连山那边那位热情为自己掌管衣服钱粮的姑娘，也不再让鸽子带来纸条，一走就没有音讯……于是，这个一度热闹的知青户，只剩下一只鸽子——就像他的影子。

现在，他连影子都没有了。

没有影子的人，还是一个人吗？还是个东西吗？

好久没打柴了。稻草也潮湿，根本不接火。小收音机里正在播气象预报，说是今后几天内还要下雨。他啪的一声把收音机关掉。

收音机旁有一封信，是一位老同学写来的：

……老弟，你白长了一个脑袋，要干部推在（荐）你，实在容易。让他们喜欢你，有这号本事没有？如果没有，就得让他们怕你。专给他们找麻烦，让他们脑壳痛，逼他们甩包付（袱）！我陆大爷的成工（功）（经验）就是这样的……

他用信纸点火的时候，把信再看了一遍，脸上冒出恶毒的冷笑。对呀，如今软的怕硬的，硬的怕狠的，狠的怕忘命的。老子破罐破摔，要让他们六神不宁！

晶晶感谢那只灰鸽。要不是它，自己早被老鹰撕成碎片了。当时自己一个劲奔逃，忽而俯冲，忽而腾空，但那个巨大的敌人紧紧咬住它，始终像一片乌云笼罩头顶。不知什么时候，自己被刺树挂住，掉了两片羽毛，未感觉到痛，但身体不平衡了，速度开始放慢。就在这千钧一发的时刻，晶晶看到了它。咕嘟嘟——那是召唤还是在声援？晶晶飞过去，跟着它飞越一片枣林，滑过一个麦场，然后钻进一个大石磨下的窄缝里。这里老鹰无法挤进来，而且附近有人影，有狗吠，老鹰果然只敢在高空盘旋，绝望地叫喊一阵，最后丧气地走了。

晶晶向灰鸽子拍拍翅膀，发出亲切轻柔的咕咕声。

灰鸽子走了，不一会儿，又带来一大群鸽子。这是个多么热闹的群体呵。雄的，雌的，大的，小的，白的，灰的，此起彼落地飞翔和跳跃，鸽哨声响成一片。大家都打量着这个浑身雪白的新朋友。几只雄鸽还大声叫唤，蓬松羽毛，显示声音的圆润洪亮，展示宽阔的肩幅和挺健的龙骨。

咕咕咕——晶晶听出了它们的欢迎和安慰，也尽可能做出了回答，只是它关于湖水和水田的描述，似乎使对方觉得不可思议。它觉得自己已经说得够清楚了，但新朋友们还是一个个目光茫然。但不管怎么样，它眼下结束了孤单，重新进入火热的集体。是的是的，它记起了母亲的话，没有集体，活着还有什么意思呢？尽管在集体里也会有不愉快，也会出现争食或争偶的打斗，但群居才会有安全，有交流，有游戏，有欢乐的歌唱。它们扑扑地从一块麦田飞向另一块麦田，从一个屋顶飞向另一个屋顶……在这个过程中，晶晶已经学会了吃麦子和高粱米。

它吃饱了，喝足了，但还在东张西望，瞪大眼睛寻找什么。这里的一切使它没法忘记“那个地方”“那个人”。那里有青山中的湖面，有山沟里的小木屋。它不是应该飞到那个小木屋去，取来小竹筒里的纸条吗？它不是应该在那棵熟悉的老树枝上，等待主人在晚霞中归来吗？它怎么能停留在这里？

当然啦，这里有食物，有朋友，也有草窝，但好像还少了点什么。是的，这里似乎什么也不缺，唯独没有它日日相守的图景和动静。

它扶摇直上，又徘徊飘落，引得鸽群追随它求索上下，投来种种惊疑和询问的目光。天色暗了。首先是两只胖鸽发出了疲倦的呻吟，接着是一只麻色雄鸽发出了回家的号召。什么新鲜东西也没发现的鸽子们，渐渐不满意外来者的引导了。咕嘟——咕嘟嘟——它们用嘴梳理羽毛，清洗泥灰，摇着尾巴，恢复了如常的自在和安闲。当它们动身回巢时，发现晶晶还孤零零地立在一个废碉堡上。

如果附近有人，如果人可以听懂鸽语，那么就可以听到这样一场对话：

“你还要干什么呢？”有一只鸽子问。

“我要寻找。”晶晶回过头来。

“你找什么呢？”

“我……要寻找。”

鸽子们耸耸肩，发出杂乱的咕咕声：奇怪，奇怪，它们劝晶晶不要胡思乱想——是的，它们什么也不缺少，什么也不必去寻找。咕咕，它们吃了就玩，累了就睡。咕咕，在满足之后，它们是慷慨大方的。在饥寒面前，它们并不缺乏勤劳。但它们这些菜鸽从不幻想，只有刚出壳的乳鸽才幻想啦。咕咕，它们有祖先，也有后代，有自己的窝巢。它们虽然一旦长得肥满就会死于人类的刀下，但谁又能免一死呢？它们虽然飞不了多远，但谁又能逃出天地的大限？既然如此，那么大家就安于现状，至少赚一份舒适，不必自寻烦恼和自找苦头吧？

不，我要寻找。晶晶低下头去。

菜鸽们终于扫兴地飞走了。大地寂静下来，冷冷的夜雾漫淹过来。地头冒出一个金闪闪的圆，记得它有时像一个钩，有时像一个桃，今天怎么变得这样又大又亮？记得有一次晶晶向它飞去，想啄一啄它，但飞了好久好久，它还是远远的。现在，晶晶要去寻找心中的一切，会不会也像那次一样无功而返？

它完全没有把握。

它突然听到身边有扑扑的声音，回头看，是一只灰鸽——哦，它没有回去。

他开始了新战略。那天，燕子低飞，水缸出汗，蚂蚁筑坝，明明是要落雨的征兆，而且收音机里明明有大雨的预报，但他作为气象员偏偏不去通报消息。眼看一场暴雨说下就下，晒的一坪油菜籽全被打湿了。刚下田的千多斤碳氨，被山水一盖，只怕肥水跑走了一半，急得老队长跺脚喊皇天。

公社秘书下来检查工作，他正好利用这个机会耍赖，口口声声说没衣服换了，要借秘书身上那件中山装。衣服虽没借到，但衣袋里一包烟却被强行“借”走了。秘书脸上红一块白一块，不好发作，只得拔腿就走，怕他又来搜钱和粮票，说不定还要抢手表。不几天，秘书的话就风传下来了：“那个叫麻雀的，什么知识青年？简直是城里的街痞子。第三次世界大战一打，先把他捆起来！”

看牛当然也不能太老实。一上山，他就一个“大”字躺在地上呼呼睡觉，要放牛伢给他打扇，摘杨梅来供奉他。结果牛吃禾，牛打架，闹得队上鸡飞狗跳。那天收工点数，发现少了一头黑牛。

“我的娘，何得了！”队长在禾坪里急得团团转，“那只牛婆刚抱福，万一跌到山下，出手就是千多块呢。”社员们也惊动了，围拢来叽叽喳喳，对他投射埋怨的目光。

“我一双眼睛，哪里管得那样多？鬼知道它到哪里去了。”他坐在地上满不在乎。

“你是一个人，你要拿工分的呀！”

“我根本不稀罕工分。”

“那你吃什么？要你喂头猪，你懒。要你出粪平田，你又说做不了。看牛也当好耍？你你……”

“我怎么样？我早就不想在这里干了。你们讨厌我，谢天谢地。我就是希望你们讨厌我。快去给公社进一言，把我送走吧。”

队长的胡子都翘起来了，一跺脚：“你枉吃了二十多年的谷米哟！”转身就急匆匆找牛去了……

老饲养员甚至急得呜呜地哭了起来。

深夜，队长带着几个人找牛还没有回来。山上有松林的呼啸和竹林的喧哗，间或有野猪叫或野鸟叫，还有一些不可名状的声音。唉，他们找到牛没有？他们会碰上野猪或者毒蛇吗？他们肚子饿了吗？会摔跤吗？他们的老婆孩子还在门边等待吧？……麻雀有点六神无主，终于提着马灯出门。高一脚，低一脚，四野黑森森，只有点点萤火飘忽不定。他后悔自己不该故意怠工，惹下这一场大祸。

但他捶捶脑袋，又停止了脚步。不行，他不能中止自己的战略战术，做事得做到底。他要咬紧牙关挺住，要继续表演下去。这个世界上强者生存，是蜂得有刺，是狗得有牙，是牛得有角，自己怎么能这样心肠软？对，应该回去，喝酒，睡大觉……

他挠挠脑袋，把一包香烟塞进队长家的门缝，然后跑回家了。

它们飞向南方。

脚下有波浪撞击的声音，大概是一个大湖，或是一条大江吧？到处弥漫着浓雾，浓得简直是一团团水。晶晶和灰鸽分不清白天还是黑夜，既看不到阳光，也看不到星光，更听不到人或者禽兽的声音。它们只感到翅膀已经潮湿，沉重如铅，麻木如无，一股无形的力量拖着自己下坠。但一听到波浪声逼上来，它们意识到灭顶的危险，于是尽最大的力量升飞……

它们不记得这些天来飞过了多少高山和大江。记得那天的暴风雨，真是惊心动魄。天地似乎卷进了一个无底的深渊，树干喳喳地被风刮倒，飓风抓住杂乱的沙石抛向高空，又重重地摔下去。它们无法控制自己，被风一次次掀倒，撞在树干或岩石上，撞得自己昏天黑地。踉踉跄跄飞了整整一天后，它们发现自己竟飞回了原地，一眼就看见那根曾经告别过的歪脖子树，还有自己停栖过的小桥……

它们没有灰心，继续挣扎着向前，向前，向前。好，现在终于有希望了。空中渐渐变得暖和，地上的绿色也多了起来。还有那镜子般的湖泊，玉带般的渠道，多么眼熟呀。晶晶甚至隐约嗅到了故乡炊烟特有的气味。感谢灰鸽一路相伴，增添了旅途中的热情和勇敢。遇到老鹰，它掩护晶晶先行逃走。夜里栖息，它警觉地发现黄鼠狼的脚步声。晶晶打冷噤时，它亲切地靠过来献出温暖。它还那样善于歌唱：咕——嘟——咕——嘟——

它们飞呵飞，寻找呵寻找。对于晶晶来说，寻找成了性格和习惯，成了生命的寄托和生活的目的。为了不能忘怀的一切，它穿过了白天和黑夜，从远方飞向远方。

雾渐渐消散了。绿树上布满了金色的斑点，随着太阳冉冉升起，这些斑点在纷纷燃烧又纷纷熄灭。大雨把大地上杂乱的气味全部洗掉了，只剩下一片清新。鲜花摇动湿润的花瓣，与晨风低声交谈，与蝴蝶互送眼波。

应该休息一下了。晶晶回过头去，突然发现灰鸽子不在身边，却停落在远处一个树墩上，眼光直愣愣的。它怎么啦?

是发现什么动静了，还是累得不想动了?如果晶晶现在能看见自己，就会理解灰鸽的眼光了——阳光下，晶晶显得多么瘦、多么脏，哪是什么鸽子，完全是一只老乌鸦。如果晶晶是一只从未远行过的鸽子，也能理解灰鸽的眼光了——这是一次多么茫然的寻求，多么疯狂的胡闹，多么可笑的一厢情愿！它们还要向前飞吗？还要投向没完没了的苦难么？

爱唱的灰鸽今天有一种反常的沉默。相反，沉静的晶晶今天反而成了个饶舌妇，咕嘟咕嘟唤个不停，一股脑地吐出焦急、惊疑、央求和鼓励……

可惜它的声音既细弱又嘶哑。它不知道，这种破沙罐的声音不能再使雄鸽们摆尾挺胸，也很难再换来灰鸽的歌唱。

灰鸽犹疑着，焦急着，躲躲闪闪地支吾，终于长啸一声飞向天空，不过嘴指的方向不是南方而是北方。晶晶明白了什么，大声惊呼紧紧追上，在对方的前面绕飞一圈，想拦住对方，又在对方的侧面伴飞了一阵，想纠正对方的方向。但灰鸽看来去意已决，在空中来了几次躲闪，再次脱离晶晶的指引。

抛开情侣对于哺乳类和爬行类来说也许不算什么，但对于鸽子来说很不容易。悲伤浸透在晶晶的目光中。它追呵追，声嘶力竭，筋疲力尽，眼前只有那个飘飘忽忽的灰点。它根本不在乎灰鸽也瘦了，也掉毛了，但它不能没有对方的温暖，不能没有对方的保护，不能在劳累之后没有对方来清扫自己的羽衣。咕嘟嘟，咕嘟嘟，它叫得还不凄厉吗？它要怎样才能打动对方的铁石心肠？它边飞边哭，眼前不再有霞光和湖泊，不再有鲜花和露珠，甚至也没有那个该死的故乡了。

它们一前一后又穿过了白天和黑夜。在向北的路程中，它们又看见了曾经飞过的高山和平地，一步步得到的，正在一步步丧失。

这一天早晨，灰鸽醒来时，突然发现身边并没有晶晶，只有一堆小松子，大概是晶晶留下的。当它真的发现身边空空荡荡，也感到一种莫名的恐慌和孤独。它大叫一声，闪电般升入高空，纵目四望，仍不见晶晶的踪迹。它已经不辨方向了，向东，向西，向南，向北，有点手忙脚乱和四处乱窜。终于，当太阳高升时，它发现脚下一片白光中有一只鸽子。白光在雾中闪着鳞波，而鸽子时隐时现，似真似幻。那就是晶晶吧？它为什么不回答？

它猛扑下去，失神中竟没注意到水的声音。扑通——它惊恐地挣扎出水面，但水淋淋的羽翼很难伸展，刚拍打出水面，又落了下来，再拍打起来，再落了下来……直到最后一只大鱼咬住了它的爪子，直到更多的鱼扑了上来。

水纹一圈圈渐渐平息了。

晨光从大树的枝缝里筛落。蘑菇笑眯眯抬起头的地方，蜜蜂和蝴蝶又开始了工作……

这里没有工作。这些与城市和农村同时疏远了的生物，只有笑骂，扑克牌、空酒瓶、来自父母的汇款单、《三套车》和《献你一束玫瑰花》。今天在这里吃完了，明天游击队向哪里出动呢？吃光用光，身体健康！来，干杯！为了友谊，为了户口，为了我们的好运气！

不好，酒没有了，现在到处缺烟缺酒，物

质供应太紧张。听说河南水灾，辽宁地震。地震怕什么呢？在这里震震也好。第一把公安局的户口管理处震掉，第二把县政府知青安置办公室震掉，这样我们就可以返城了，就可以再次享受可爱的电影、足球、冰激凌、霓虹灯以及跨着脚踏车的街头聚谈了。

麻雀狠狠地抽着烟，一直没吭声。如果说，他第一次到这里来还有些不安，那么现在他已经对这里的空气渐渐习惯。自己似乎正在做一场梦。他学会了打扑克输了以后钻桌子和夹耳朵，学会了骂人、打架以及讲下流笑话，学会了大段背诵老电影里的台词，学会了用酒米引来社员的鸡，然后抓住塞进书包……可不这样又能怎么样？有时候，他也犹豫过，觉得日子不能这样瞎混，他也许应该去找另一些伙伴，比如那些爱因斯坦的崇拜者，或者那些能一气拉完整本练习曲的小提琴手，让自己多少活出点知识来，活出点豪气来。但他有点怯，觉得自己是一只疲乏不堪的麻雀，翅膀已经折断。

“你太懒了！”外号叫“瓦西里”的黑大个敲敲锅瓢，发布命令：“今天罚你和猪头去捕风，有摆尾子也要得。”他是指打鸟或者抓鱼。

“凭什么要我去？”有人站起来，“我搞来了葱！”

麻雀倒没有争辩。

“那……”大个子为难了，只好求助于这个集体的最高裁决方式，“划拳吧！”

麻雀和瓦西里一出手都输了，好汉不食言，只好提起气枪出发。两人转了两个山冲，并未见到凤。好容易见到一条狗，瓦西里舔舔嘴唇，打了个响指，刚要举枪瞄准，麻雀猛然发现那是队长家的，一挥手，让黑大个的枪打偏了。

枪托一拐，还磕痛了射手的下巴。

“你疯了？”瓦西里怒吼起来。

“那条狗……算了吧。”

“它是你祖宗？”

“是你老祖宗哩！”麻雀也是喝了酒的，也是练过拳的，两人眼一瞪，像公鸡斗架，差点用拳头交锋起来。

“你他妈的一见母狗就起骚吧？要是在战场上碰到国民党的女兵那还得了？你还不哇啦啦就举白旗当叛徒？”

“你他妈的才起骚呢。见条狗就分得出公母，你看见苍蝇也分雌雄是不？”

有鸟叫的声音传来，就在不远。

这种可爱的声音使他们暂时休战。黑大个拍拍灰，赶快上子弹，弓着腰潜身树下，悄悄向前方运动。枪举起来了，呼吸停止了，嘣——树叶抖了一下，并没有打中。奇怪的是，那只鸟没有飞走，反而向前面飞过来，落在一个枝头上。可以看清，它个头较大，全身灰黑，像一只小野鸡。

咕咕咕——声音急切，好像有点耳熟，但又陌生。加上近旁有蝉灵子叫，他们听不太清楚。

“真没用！”麻雀低声骂了一句，弯腰上前，猛地夺过枪，毫不犹豫地举起来瞄准了。这一枪可要打中呵。射手暗暗假定：如果打中了，那一定是爸爸快平反了。如果还要第二枪，那一定就是只平反不复职也不补工资。如果还要第三枪，那一定是连平反都没戏……他觉得全家的命运此刻都掌握在他手中。

嘣——糟糕，爸爸不会被平反。慢点，它还没走，再来一下。嘣——它闪了一下，扑腾着飞离，但有点摇摇晃晃，没出三步就栽了下去。打中啦！两人一跃而起，跑过一个草坡，看到了苞谷地里的尸体。

这原来是一只鸽子。它软软地躺在草丛中，半闭着眼皮，胸脯流着血。不过它太瘦了，简直像一包壳，也太脏了，全身都是泥灰。实在是让人败兴。它是谁家的鸽子？大概飞了很远很远的路吧？大概是失群和迷路了吧？射手想起了什么，上前捡起鸽子，摸摸鸟嘴边黑色的血污，身上的泥垢，大腿上化脓的伤口，还有胸前稀疏欲脱的羽毛。突然，他眨眨眼，惊得脸色突变：这是怎么回事？它腿上有一条破烂褪色的红绸带，还系着一个眼熟的鸽哨……他慌慌地梳理羽毛，发现一旦泥灰剥落，羽毛就展现出洁白。

晶晶！

他大叫了一声。

确实是晶晶，确实是。但它目光已经呆滞，凝望着射手，嘴喙轻轻颤动，像要说出什么，不过已经说不出来了。即算说出来，人类也永远无法听懂。

你要说什么？你说吧，说吧。真是你从远方回来了吗？你是怎样从千山万水之外回来？你变成这个样，我认不出了，辨不出你的呼叫了。你刚才扑着双翅飞过来，声声喊着什么？你是想像人一样笑，像人一样哭，像人一样诉说，像人一样大喊“不要杀我”，是吗？呵，我还是扣动了扳机。

他捧着逐渐冷却的鸽子，带血的手指在哆嗦。

入夜了，小屋里飘出吉他声和鸽汤的香味。晶晶的故事使大家感叹惊讶，议论了很久，但鸽汤还是要喝的。只有那个射手还在沉默，脸被炉火映得一闪一闪。他的思绪总离不开晶晶。不可想象，蓝天这么大，路途这么远，遥遥千里云和月，它从未经历过这么远的放飞训练，居然成功地飞回来了。当他酒酣昏睡时，它却在风雨中搏击前进，喷吐着满嘴的血腥气味向他一步步接近……他捂住了眼睛。

“同胞们，战友们，为诸位不会死于地震，干杯！”瓦西里举起了酒碗，使屋里又哄闹起来。没有酒，以汤代。没有汤，以水代。酒碗不够的时候，有人把茶缸、瓦钵、锅盖都凑上来了。有人发出傻笑，有人突然想起父母或者城市，眼里不觉流出了泪水。吵闹声和腾腾热气，冲得油灯的火苗直晃……

麻雀没有伸手。像突然悟到了一种什么，他深深吸了一口气，把一件上衣往肩头一搭，走向门口。临别时他回头扫了大家一眼，神情严肃，仿佛变成了另一个人。

“我……再也不到这里来了。”

“麻雀，麻雀，你怎么啦？”

“你们……王八蛋。”

“麻雀，你不要太娘娘心肠吧？不就是一只

鸟么？”

“我也是十足的王八蛋。”

他播下一片惊疑，然后默默地走了，沿着山路走向自己的家。那里有他的柴刀、锄头、扁担，还有口琴和鸽巢，以及散发出桐油香味的斗笠。

晚风吹来，山峡里一片蛙鸣。一条没牵进栏的牛在村头树下甩着尾巴，喷着粗气。小路上有游动的黄点，那是什么人举着松明子来寻找孩子吧？

天地间有这么多的生物，生来，又死去，死后化作泥和水，变成煤和石头，草木和鲜花。有一个人在这个夜晚相信：晶晶死后一定变成了那种淡蓝色的小花，有金色的花心。它在黎明时开放，像蓝宝石一样闪烁光芒。它在说：“我回来了。”

这个人望着蓝天。

1981年4月

---

*此篇最初发表于1981年《中国青年》杂志，后收入小说集《飞过蓝天》等，获1981年中国“五四”青年文学奖和同年度全国优秀短篇小说奖，已译成法文、英文。

爸爸爸

一

他生下来时，闭着眼睛睡了两天两夜，不吃不喝，一个死人相，把亲人们吓坏了，直到第三天才哇地哭出一声来。

能在地上爬来爬去的时候，他就被寨子里的人逗来逗去，学着怎样做人。很快学会了两句话，一是“爸爸”，二是“×妈妈”。后一句粗野，但出自儿童，并无实在意义，完全可以把它当作一个符号，比方当作“×吗吗”也是可以的。

三五年过去了，七八年也过去了，他还是只能说这两句话，而且眼目无神，行动呆滞，畸形的脑袋倒很大，像个倒竖的青皮葫芦，以脑袋自居，装着些古怪的物质。吃饱了的时候，他嘴角沾着一两颗残饭，胸前油水光光一片，摇摇晃晃地四处访问，见人不分男女老幼，亲切地喊一声“爸爸”。要是你大笑，他也很开心。要是你生气，冲他瞪一眼，他也深谙其意，朝你头顶上的某个位置眼皮一轮，翻上一个慢腾腾的白眼，咕噜一声“×吗吗”，掉头颠颠地跑开去。

他轮眼皮是很费力的，似乎要靠胸腹和颈脖的充分准备，运上一口长气，才能翻上一个白眼。掉头也是很费力的，软软的颈脖上，脑袋像个胡椒碾锤摇来晃去，须甩出一个很大的弧度，才能稳稳地旋到位。他跑起路来更费力，深一脚浅一脚找不到重心，靠整个上身尽量前倾，才能划开步子，靠目光扛着眉毛尽量往上顶，才能看清方向。他一步步跨度很大，像赛跑冲线的动作在屏幕上慢速放映。

都需要一个名字，上红帖或墓碑，于是他就成了“丙崽”。

丙崽有很多“爸爸”，却没见过真正的爸爸。据说父亲不满意婆娘的丑陋，不满意她生下了这么个孽障，觉得自己很没面子，很早就贩鸦片出山，再也没有回来。有人说他已经被土匪裁了，有人说他还在岳州开豆腐坊，有人则说他拈花惹草，把几个钱都嫖光了，某某曾亲眼看见他在辰州街上讨饭。他是否存在，说不清楚，成了个不太重要的谜。

丙崽他娘种菜喂鸡，还是个接生婆。常有些妇女上门来，在她耳边叽叽咕咕一阵，然后她带上剪刀什么的，跟着来人交头接耳地出门去。那把剪刀剪鞋样，剪酸菜，剪指甲，也剪出山寨一代人，一个未来。她剪下了不少活脱脱的生命，自己身上落下的这团肉却长不成个人样。她遍访草医，求神拜佛，对着木头人或泥巴人磕头，还是没有使儿子学会第三句话。有人悄悄传说，多年前她在灶房里码柴，曾打死一只蜘蛛。那蜘蛛绿眼赤身，有瓦罐大，织的网如一匹布，拿到火塘里一烧，气味臭满一山三日不绝。那当然是蜘蛛精了。冒犯神明，现世报应，有什么奇怪的呢？

不知她听说过这些没有，反正她发过一次疯病，被人灌了一嘴大粪，病好了，还胖了些，胖得像个禾场磙子，腰间一轮轮肉往下垂。只是像儿子一样，间或也翻一个白眼。

母子住在寨口边一栋木屋里，同别的人家一样，木屋在雨打日晒之下微微发黑，木柱木梁都毫无必要地粗大厚重——这里的树反正不值钱。门前有引水竹管，有猪屎狗粪，有经常晾晒着的红红绿绿的小孩衣裤以及被褥，上面荷叶般的尿痕当然是丙崽的成果。丙崽呢，在门前戳蚯蚓，搓鸡粪，抓泥巴，玩腻了，就挂着鼻涕打望人影。碰到一些后生倒树归来或上山去“赶肉”——就是去打野猪，他被那些红扑扑的脸所感动，会友好地喊一声：“爸爸——”

哄然大笑。

被他眼睛盯住了的后生，往往会红着脸气呼呼地上来，骂几句粗话，对他晃一晃拳头。要不，干脆在他的葫芦脑袋上敲一丁公。

有时，后生们也互相逗耍。某个后生笑嘻嘻地拉住他，指着另一位开始教唆：“喊爸爸，快喊爸爸。”见他犹疑，或许还会塞一把红薯片子或炒板栗。当他照办之后，照例会有一阵旁人的开心大笑，照例会有丁公或耳光落在他头上。如果他愤怒地回敬一句“×吗吗”，昏天黑地中，头上就火辣辣的更痛了。

两句话似乎是有不同意义的，可对于他来说，效果都一样。

他会哭，哇的一声哭出来。

妈妈赶过来，横眉瞪眼地把他拉走，有时还拍着巴掌，拍着大腿，蓬头散发地破口大骂。如果骂一句，在胯里抹一下，据说就更能增强语言的恶毒。“黑天良的，遭瘟病的，要砍脑壳的！

渠是一个宝崽，你们欺侮一个宝崽，几多毒辣呀。老天爷你长眼呀，你视呀，要不是吾，这些家伙何事会从娘肚子里拱出来？他们吃谷米，还没长成个人样，就烂肝烂肺，欺侮吾娘崽呀……”

“视”是看的意思。“渠”是他的意思。“吾”是我的意思。“宝崽”是“呆子”的意思。她是山外嫁进来的，口音古怪，有点好笑和费解。但只要她不咒“背时鸟”——据说这是绝后的意思，后生们一般不会怎么计较，笑一阵，散开去。

骂着，哭着，哭着又骂着，日子还热闹，似乎还值得边抱怨边过下去。后生们在门前来来往往，一个个冒出胡桩和皱纹，背也慢慢弯了，直到又一批挂鼻涕的奶崽长成门长树大的后生。只有丙崽凝固不动，长来长去还是只有背篓高，永远穿着开裆的红花裤。母亲说他只有“十三岁”，说了好几年，但他的脸相明显见老，额上叠着不少抬头纹。

夜晚，母亲常常关起门来，把他稳在火塘边，坐在自己的膝下，膝抵膝地对他喃喃说话。

说的词语，说的腔调，说话时悠悠然摇晃着竹椅的模样，都像其他母亲对待自己的孩子：“你这个奶崽，往后有什么用呵？你不听话，你教不变，吃饭吃得多，穿衣最费布，又不学好样。养你还不如养条狗，狗还可以守屋。养你还不如养头猪，猪还可以杀肉呢。呵呵呵，你这个奶崽，有什么用啊，睚眦大的用也没有，长了个鸡鸡，往后哪个媳妇愿意上门？……”

丙崽望着这个颇像妈妈的妈妈，望着那死鱼般眼睛里的光辉，觉得这些嗡嗡的声音一点也不新鲜，舔舔嘴唇，兴冲冲地顶撞：“×吗吗。”

母亲也习惯了，不计较，还是悠悠然地前后摇着身子，把竹椅摇得吱呀呀地响。

“你收了亲以后，还记得娘么？”

“×吗吗。”

“你生了娃崽以后，还记得娘么？”

“×吗吗。”

“你当了官发了财，会把娘当狗屎嫌吧？”

“×吗吗。”

“一张嘴只晓得骂人，好厉害咧。”

丙崽娘笑了，笑得眼小脖子粗。对于她来说，这种关起门来的对话，是一种谁也无权夺去的亲情享受。

二

寨子落在大山里和白云上，人们常常出门就一脚踏进云里。你一走，前面的云就退，后面的云就跟，白茫茫云海总是不远不近地团团围着你，留给你脚下一块永远也走不完的小孤岛，托你浮游。

小岛上并不寂寞。有时可见树上一些铁甲子鸟，黑如焦炭，小如拇指，叫得特别焦脆和洪亮，有金属的共鸣声。它们好像从远古一直活到现在，从没变什么样。有时还可见白云上飘来一片硕大的黑影，像打开了的两页书，粗看是鹰，细看是蝶，粗看是黑灰色的，细看才发现黑翅上有绿色、黄色、橘红色等复杂的纹络斑点，隐隐约约，似有非有，如同不能理解的文字。

行人对这些看也不看，毫无兴趣，只是认真地赶路。要是觉得迷路了，赶紧撒尿，赶紧骂娘，据说这是对付“岔路鬼”的办法。

点点滴滴一泡热尿，落入白云中去了。云下面发生了一些什么事情，似与寨里的人没有多大关系。秦时设过郡，汉时也设过郡，到明代“改土归流”……这都是听一些进山来的牛皮商和鸦片贩子说的。说就说了，山里却一切依旧，吃饭还是靠自己种粮。官家人连千家坪都不常涉足，从没到山里来过。

种粮是实在的，蛇虫瘴疟也是实在的。山中多蛇，蛇粗如水桶，蛇细如竹筷，常在路边草丛嗖嗖地一闪，对某个牛皮商的满心喜悦抽上黑黑的一鞭。据说蛇好淫，即便被装入笼子里，见到妖娆妇女，还会在笼中上下顿跌，躁动不已，几近气绝。取蛇胆也不易，据说击蛇头则胆入尾，击蛇尾则胆入头，耽搁久了，蛇胆化水，也就没用了。人们的办法是把草扎成妇人形，涂饰彩粉，引淫蛇抱缠游戏之，再割其胸取胆，那色胆包天的家伙在这一过程中竟陶陶然毫无感觉。还有一种挑生虫，春夏两季多见，人一旦染上虫毒，就会眼珠青黄，十指发黑，嚼生豆不腥，含黄连不苦，吃鱼会腹生活鱼，吃鸡会腹生活鸡。在这种情况下，解毒办法就是赶快杀一头白牛，让患者喝下生牛血，对满盆牛血学三声公鸡叫。

至于满山密密的林木，同大家当然更有关系了。大雪封山时，寄命一塘火。大木无须砍断，从门外直接插入火塘，一截截烧完便算完事。以至这里的火塘都直接对着大门，可减少劈柴的劳累。有一种楠木，长得很直，质地紧密，祛虫防蚁，有微香，长至几丈或十几丈才撑开枝叶。古代常有采官进山，催调徭役倒伐这种树，去给州府做宫室的楹栋，支撑官僚们生前的威风。山民们则喜欢用它打造舟船，远远行至辰州、岳州，乃至江浙，由那些“下边人”拆船取材，移作他用，琢磨成花窗或妆匣。

下边人把这种树木称为香楠。

人们出山当然有危险。木船或木排循溪水下行，遇到急流险滩，稍不留神就会船毁排散，尸骨不存。这是第一条。碰上祭谷神的，可能取了你的人头。碰上剪径的，可能钩了你的车船，剐了你的钱财。这是第二条。还有些妇人，用公鸡血掺和几种毒虫，干制成粉，藏于指甲缝中，趁你不留意时往你茶杯中轻轻一弹，令你饮茶之后暴死于途。这叫“放蛊”。据说放蛊者由此而益寿延年，至少也要攒下一些留给来世的阴寿。当然是害怕蛊惑，此地的青壮后生一般不会轻易远行，远行也不敢随便饮水，实在干渴难忍，视潭中或井中有活鱼游动，才敢前去捧喝两口。

有一次，两个汉子身上衣单，去一个石洞避风雨，摸索到洞里，发现那里有一大堆骷髅，石壁上还有刀砍出来的一些花纹，如鸟兽，如地图，似蝌蚪文，全不可解。谁知道这是怎么回事？谁知道这是不是一次放蛊的后果？

加上大岭深坑，山路崎岖，大树实在不易外

运，于是长了也是白长，派不上多大用场，雄姿英发地长起来，又在阳光雨露下默默老死山中。枝叶腐烂，年年厚积，若有人软软地踏上去，腐积层就冒出几注黑汁和一些水泡，冒出阴湿浓烈的酸臭，浸染着一代代山猪和野豹的号叫。这些叫声总是凄厉而悠长。

村村寨寨所以都变黑了。

这些村寨不知来自何处。有的说来自陕西，有的说来自广西，说不太清楚。他们的语言和山下的千家坪的就很不相同。比如把“说”说成“话”，把“站立”说成“倚”，把“睡觉”说成“卧”，把近指的“他”与远指的“渠”严格区分，颇有点古风。人际称呼也特别古怪，好像是很讲究大团结，故意混淆远近和亲疏，于是父亲被称为“叔叔”，叔叔被称作“爹爹”，姐姐成了“哥哥”，嫂嫂成了“姐姐”，如此等等。“爸爸”一词，还是人们从千家坪带进山来的，暂时算不上流行。所以，按照这里的老规矩，丙崽家那个离家远走杳无音信的人，应该是丙崽的“叔叔”。

这当然与他没太大关系。叫爹爹也好，叫叔叔也罢，丙崽反正从未见过那人。就像山寨里有些孩子一样，丙崽无须认识父亲，甚至不必从父姓。如果不是母亲吐露往事，他们可能永远不知自己的骨血与哪一个汉子有关。

但人们还是有认祖归宗的强烈冲动。对祖先较为详细的解释，是古歌里唱的。山里太阳落得早，夜晚长得无聊，大家就懒懒散散地串门，唱歌，摆古，说农事，说匪患，打瞌睡，毫无目的也行。坐得最多的地方，当然是那些灶台和茶柜都被山猪油抹得清清亮亮的殷实人家。壁上有时点着山猪油灯壳子，发出淡蓝色的光，幽幽可怖。有时人们还往铁丝编成的灯篮里添块松膏，待松膏烧得噼啪一炸，铜色火光煌煌一闪，灯篮就睡意浓浓地抽搐几下。火塘里的青烟冒出来，冬天可用来取暖，夏天可用来驱蚊。栋梁壁顶都被烟火熏得黑如焦炭，浑然黑色中看不清什么线条和界线，只有一股清冽的烟味戳鼻。要是火烧得太旺，气流上冲，梁上一根根灰线子不断摇晃，点点烟屑从天而降，翻舞飞腾，最后飘到人们的头上、肩上或者膝头上，不被人们注意。

德龙最会唱歌，包括唱古歌。他没有胡子，眉毛也淡，平时极风流，妇女们一提起他就含笑切齿咒骂。他天生的娘娘腔，嗓音尖而细，憋住鼻腔一起调，一句句像刀子在你脑门顶里剜着，刮着，挤着，让你一身皮肉发紧。大家紧惯了，还紧出了满心的佩服：德龙的喉咙真是个喉咙呵！

他揣着一条敲掉了毒牙的青蛇，跨进门来，嬉皮笑脸，被大家取笑一番以后，不劳多劝就会盯住木梁，捏捏喉头，认真地开唱：

辰州县里好多房？
好多柱来好多梁？
鸡公岭上好多鸟？
好多窝来好多毛？

这类“十八扯”相当于开场白或定场诗，是

些不打紧的铺垫。唱得气顺了，身子热了，眼里有邪邪的光亮迸出，风流情歌就开始登场：

思郎猛哎，
行路思来睡也思，
行路思郎留半路，
睡也思郎留半床。

德成风流，最愿意唱风流歌，每次都唱得女人们面红耳赤地躲避，唱得主妇用棒槌打他出门。当然，如果寨里有红白喜事，或是逢年过节祈神祭祖，那么照老规矩，大家就得表情肃然地唱“简”，即唱历史，唱死去的人。歌手一个个展开接力唱，可以一唱数日不停，从祖父唱到曾祖父，从曾祖父唱到太祖父，一直唱到远古的姜凉。姜凉是我们的祖先，但姜凉没有府方生得早。府方又没有火牛生得早。火牛又没有优耐生得早。优耐是他爹妈生的，谁生下优耐他爹呢？那就是刑天——也许就是晋人陶潜诗中那个“猛志固常在”的刑天吧？刑天刚生下来的时候，天像白泥，地像黑泥，叠在一起，连老鼠也住不下。他举起斧头奋力大砍，天地才得以分开。可是他用劲用得太猛啦，把自己的头也砍掉了，于是以后成了个无头鬼，只能以乳头为眼，以肚脐为嘴，长得很难看的。但幸亏有了这个无头鬼，他挥舞着大斧，向上敲了三年，天才升上去；向下敲了三年，地才降下来。这才有了世界。

刑天的后代怎么来到这里呢？——那是很早以前，很早很早以前，很早很早很早以前，五支奶和六支祖住在东海边上，发现子孙渐渐多了，家族渐渐大了，到处都住满了人，没有晒席大一块空地。怎么办呢？五家嫂共一个舂房，六家姑共一担水桶，这怎么活下去呵？于是，在凤凰的提议下，大家带上犁耙，坐上枫木船和楠木船，向西山迁移。他们以凤凰为前导，找到了黄泱泱的金水河，金子再贵也是淘得尽的。他们找到了白花花的银水河，银子再贵也是挖得完的。他们最后才找到了青幽幽的稻米江。稻米江，稻米江，有稻米才能养育子孙。于是大家唱着笑着来了。

奶奶离东方兮队伍长，
公公离东方兮队伍长。
走走又走走兮高山头，
回头看家乡兮白云后。
行行又行行兮天坳口，
奶奶和公公兮真难受。
抬头望西方兮万重山，
越走路越远兮哪是头？

据说，曾经有个史官到过千家坪，说他们唱的根本不是事实。那人说，刑天是争夺帝位时被黄帝砍头的。此地彭、李、麻、莫四大姓，原来住在云梦泽一带，也不是什么“东海边”。后因黄帝与炎帝大战，难民才沿着五溪向西南方向逃亡，进了夷蛮山地。奇怪的是，这些难民居然忘记了战争，古歌里没有一点战争逼迫的影子。

鸡头寨的人不相信史官，更相信他们的德

龙——尽管对德龙的淡眉毛看不上眼。眉淡如水，完全是孤贫之相。

德龙唱了十几年，带着那条小青蛇出山去了。

他似乎就是丙崽的父亲。

三

丙崽对陌生人最感兴趣。碰上匠人或商贩进寨，他都会迎上去大喊一声“爸爸”，吓得对方惊慌不已。

碰到这种情况，丙崽娘半是害羞，半是得意，对儿子又原谅又责怪地呵斥：“你乱喊什么？要死呵？”

呵斥完了，她眉开眼笑。

窑匠来了，丙崽也要跟着上窑去看，但窑匠说老规矩不容。传说烧窑是三国时的诸葛亮南征时路过这里教给山民们的，所以现在窑匠动土，先要挂一太极图顶礼膜拜。点火也极有讲究，须焚香燃炮在先，南北两处点火在后，窑匠念念有词地轻摇鹅毛扇——诸葛亮不就是用的鹅毛扇吗？

女人和小孩不能上窑，后生去担泥坯也得禁恶言秽语。这些规矩，使大家对窑匠颇感神秘。歇工时，后生就围着他，请他抽烟，恭敬地讨教技艺，顺便也打听点山外的事。这其中，最为客气的可能要数石仁，他一见窑匠就喊“哥”喊“叔”，第二句就热情问候“我嫂”“我婶”——指窑匠的女人。有时候对方反应不过来，不知道他是扯上了谁。三言两语说亲热了，石仁还会盛情邀请窑匠到他家去吃肉饭，吃粑粑，去“卧夜”。

石仁对窑匠最讨好，但一再讨好的同时也经常添乱，不是把堆码的窑坯撞垮了，就是把桶模踩烂了，把弓线拉断了，气得窑匠大骂他“圆手板”和“花脚乌龟”，后来干脆不准他上窑来——权当他是另一个丙崽。

这使他多少有些沮丧和落寞。他外号仁宝，是个老后生，虽至今没有婚娶，但自认为是人才，常与外来的客人攀攀关系。无所事事的时候，他溜进林子里，偷看女崽们笑笑闹闹地溪边洗澡，被那些白色影子弄得快快活活地心痛。但他眼睛不好，看不大清楚，作为补偿，就常常去看小女崽撒尿，看母狗母猪母牛的某个部位。有一次，他用木棍对一头母牛进行探究，被丙崽娘看见了。这婆娘爱拨弄是非，回头就找这个嘀咕几句，找那个嘀咕几句，眉头跳跳的，见仁宝来了才镇定自若地走开。后来仁宝上山挖个笋子，刮点松膏，或是到牛栏房去加点草料，也总看见那婆娘探头探脑，装着在寻草药什么的，死鱼般的眼睛充满信心地往这边瞥一瞥，瞥得仁宝心里发毛。

仁宝没理由发作，骂了阵无名娘，还是不解恨，只好在丙崽身上出气，一见到他，注意到周围没什么旁人，就狠狠地在他脸上扇耳光。

小老头被打惯了，经得打，嘴巴歪歪地扯了几下，没有痛苦的表情。

石仁再来几下，直到手指有些痛。

“×吗吗，×吗吗……”小老头这才感到形势不妙，稳稳地逃跑。

仁宝追上去，捏紧他的后颈皮，逼着他给自己磕了几个响头，直到他额上有几颗陷进皮肉的沙粒。

他哇哇哭起来。但哭没有用，等那婆娘来了，他一张哑巴嘴说不清谁是凶手，只能眼睛翻成全白，额上青筋一根根暴出来，愤怒地揪自己的头发，咬自己的手指，朝着天大喊大叫，疯了一样。

丙崽娘在他身上找了找，没发现什么伤痕，“哭，哭死呵？走不稳，要出来野，摔痛了，怪哪个？”

丙崽气绝，把自己的指头咬出血来。

就这样，仁宝报复了一次又一次，婆娘欠下的债，让小崽子加倍偿还，他自己躲在远处暗笑。不过，丙崽后来也多了心眼。有一次再次惨遭欺凌，待母亲赶过来，他居然止住哭泣，手指地上的一个脚印：“× 吗吗。”那是一个皮鞋底印迹，让丙崽娘一看就真相大白。“好你个仁宝臭肠子哎，你鼻子里长蛆，你耳朵里流脓，你眼睛里生霉长毛呵？你欺侮我不成，就来欺侮一个蠢崽，你枯脔心毒脔心不得好死呀——”她一把鼻涕一把泪，拉着丙崽去寻找凶手，“贼娘养的你出来，你出来！老娘今天把丙崽带来了，你不拿刀子杀了他，老娘就同你没完！你不拿锤子锤瘪他，老娘就一头撞死在你面前……”

这一夜，据说仁宝吓得没敢回家。

不过，后来仁宝同她并没有结仇，一见到她还“婶娘”前“婶娘”后地喊得特别甜。帮她家舂个米，修个桶，找窑匠讨点废砖瓦，都是挽起袖子轰轰烈烈地干。摘了几个南瓜或几个苞谷，也忙着给她家送去。有人说，他是同丙崽娘打过一架，但打着打着就搂到一起去了，搂着搂着就撕裤子了——这件事就发生在他们去千家坪告官的路上，就发生在林子里，不知是真是假。还有人说，当时丙崽“× 吗吗 × 吗吗”地骑到仁宝的头上揪打，反而被他娘一巴掌扇开，被赶到一边去，也不知是真是假。

反正结果有点蹊跷。看见仁宝有时给呆子一把杨梅或者红薯片，妇女们免不了更多指指点点：真的吗？不会吧？诸如此类。

丙崽对红薯片并不领情，一把掷回仁宝。“×吗吗。”

“你疯呵？好吃的。”

“×吗吗。”

“我×你妈妈呢。”

丙崽一口浓痰吐到仁宝的身上。

妇女们大笑：仁宝伢子，这下知道了吧？要×吗吗还不容易呵……她们没说完，差点笑得气岔，羞得仁宝一脸涨红夺路而逃。大概是受到笑声的鼓舞，丙崽左右看看，更加猖狂起来，把自己拉的屎抓了个满手，偏斜着脑袋，轮出一个白眼，继续追击仁宝，一路“×吗吗×吗吗×吗吗”，竟把一条汉子追得满山跑。

仁宝跑下山去了。直到半个多月以后，他才重新出现在人们眼前。他头发剪短了，胡桩刮光了，还带回了一些新鲜玩意儿，一个玻璃瓶子，一盏破马灯，一条能长能短的松紧带子，一张旧报纸或一张不知是何人的小照片。他蹬着一双更不合脚的旧皮鞋壳子，在石板路上嘎嘎咯咯地响，很有新时代气象。“你好！”他逢人便招呼，招呼的方式很怪异，让大家听不大懂。你什么好呢？又没生病，能不好么？

仁宝的父亲仲满是个裁缝，看见菜园里杂草深得可以藏一头猪，气不打一处来，对儿子脚下的皮鞋最感到戳眼：“畜生！死到哪里去了？有本事就莫回来！”

“你以为我想回来？我一进门就脔心冲。”

“你还想跑？看老子不剁了你的脚！”

“剁就要剁死，老子好投胎到千家坪去。”

“到千家坪，吃金子屙银子是吧？”

“千家坪的王先生穿皮鞋，鞋底还钉了铁掌子，走起来当当地响，你视过？”

仲满没见过什么钉铁掌的皮鞋，不便吭声，停了片刻才说：“皮鞋子上不得坡，下不得河，不透气，穿起来脚臭，有什么稀奇？”

“铁掌子，我是说铁掌子。”

“只有骡马才钉掌子，你不做人，想做畜

生？”

仁宝觉得父亲侮辱了自己的同志，十分恼怒，狠狠地报复了一句：“辣椒秧子都干死了，晓得么？”

叭——裁缝一只鞋摔过来，正打中仁宝的脑袋。他不允许儿子如此不遵孝道。

“哼！”

仁宝怕第二只鞋子，但坚强地不去摸脑袋，冲冲地走进楼上自己的房间，继续戳他的旧马灯罩子。

听说他挨了打，后生们去问他，他总是否认，并且严肃地岔开话题：“这鬼地方，太保守了，太落后了，不是人活的地方。”

后生们不明白“保守”是什么意思，更不明白玻璃瓶子和马灯罩子有何用途，于是新名词就更有价值，能说新名词的仁宝也更可敬。人们常见他愤世嫉俗，对什么也看不顺眼，又见他忙忙碌碌，很有把握地在家里研究着什么。有时研究对联，有时研究松紧带子，有时研究烧石灰窑。

有一回，还神秘地告诉后生们：他在千家坪学会了挖煤，现在他要在山里挖出金子来。金子！黄泱泱的金子哩！

他真的提着山锄，在山里转了好几天。有几个想沾光的后生，偷偷地跟着看，看了几天，发现他并没有真正动手。

对付同伴们的疑惑，他宽容地笑一笑，然后拍拍对方的肩，贴心地作些勉励："就要开始了，听说没有？上面来人了，已经到了千家坪，真的。"

或者说："就要开始啦，真的，明天就会落雪，秧都靠不住。"说完回头望一望什么，似乎总有个无形的人在跟着他。

有时甚至干脆只有一句："你等着呢，可能就在明天。"

这些话赫赫有威，使同伴们好奇和崇敬，但大家不解其中深意，仍是一头雾水。要开始，当然好，要开始什么呢？要怎么开始呢？是要开始烧石灰窑，还是要开始挖金子，还是像他曾经说过的那样——下山去做上门女婿？不过众人觉得他蹬着皮鞋壳子，总有沉思的表情，想必有深谋远虑。邀伴去犁田、倒树或者砍茅草，干这一类庸俗的事，不敢叫他了。

仁宝从此渐渐有了老相，人瘦毛长一脸黑。他两眼更加眯，没看清人的时候，一脸戳戳的怒气。看清了，就可能迅速地堆出微笑。尤其是对待一些不凡人士：窑匠、木匠、界（锯）匠、商贩、读书人、阴阳先生，等等，他总是顺着对方的言语，及时表示出惊讶、愤慨、惋惜、欢喜，乃至悲天悯人的庄严。随着他一个劲地点头，后颈上一点黑壳也有张有弛。当然，奉承一阵以后，他也会巧妙地暗示自己到过千家坪，见识过那里的官道和酒楼。有时他还从衣袋摸出一块纸片，谦虚谨慎地考一考外来人，看对方能否记得瓦岗寨的一条好汉到六条好汉，能否懂一点对联的平仄。

这一天，寨子里照例祭谷神，男女老少都聚集在祠堂。仁宝大不以为然，不过受父亲鞋底的威胁，还是不得不去应付一下。只是他脸上一直充满冷笑。可笑呵，年年祭谷神，也没祭出个好年成，有什么意思？不就是落后么？他见过千家坪的人作阳春，那才叫真正的作家，所谓作田的专家。哪像这鬼地方，一年只一道犁，甚至不犁不耙，不开水圳也不铲田埂，更不打粪凼，只是见草就烧一把火，还想田里结谷？再说就算田里结了谷，与他的雄图大志有何关系？他看到大家在香火前翘起屁股下拜，更觉得气愤和鄙夷。为什么不行帽檐礼？什么年月了，怎么就不能文明和进步？他在千家坪见过帽檐礼的，那才叫振奋人心！

他自信地对身边一个后生说："会开始的。"

"开始？"后生不解地点点头。

"你要相信我的话。"

"相信，当然相信。"

他觉得对方并非知音，没什么意思。于是目光往左边的女人们投过去。有个媳妇，晃着耳环，不停地用衣袖擦着汗珠。跪下去时没注意，侧边的裤缝胀开了，露出了里面的白肉。仁宝眯着眼睛，看不太清楚，不过这已经足够，可以让他发挥想象，似乎目光已像一条蛇，从那窄窄的缝里钻了进去，曲曲折折转了好几个弯，上下奔窜，恢恢乎游刃有余。他在脑子里已经开始亲热那位女人的肩膀、膝盖，乃至脚上每个趾头，甚至舌尖有了点酸味和咸味……

直到叭的一声，他感觉脑门顶遭到重重一击才猛醒过来。回头一看，是丙崽娘两只冒火的大圆眼，“你娘的×，借走老娘的板凳，还不还回来？”

“我……什么时候借过板凳？”

“你还装蒜？就不记得了？”丙崽娘又一只鞋子举起来了。

四

女人们白天爱串人家，偷偷地沿着屋檐溜进东家或西家，凑在火塘边叽叽咕咕，茶水喝干了几吊壶，尿桶里涨了好几寸，直说得个个面色发白，汗毛倒竖，才拿起竹篮或捣衣的木槌，罢休而去。

一般来说，她们谈得最多的是婚嫁之事。比如说，哪个男人暗取了哪个女子的一根头发，念上七十二遍“花咒”，就把那女子迷住了。又比如说，哪个女子未婚先孕，用大凉的蓝靛打胎，居然打出了一个满身长毛的猴子。如此等等。有时候，她们也讨论一些不祥之兆：某家的鸡叫起来像鸭；腊月里居然没下一场雪；还有丙崽娘去岭那边接生带回的消息，说鸡尾寨的三阿公坐在屋里被一条大蜈蚣咬死，死了两天还没有人知道，结果有只脚被老鼠吃去一半——这些事端是不是有些不吉？

但后来又有人说，三阿公并没有死，前两天还看见他在坡上扳笋子。这样一说，三阿公又变得恍恍惚惚，有无都成为一个问题了。

像要印证这些兆头，后来一阵倒春寒，下了一阵冰雹，田里大部分禾苗都冻成了黑水，只剩下稀稀拉拉几根，像没有拔尽的鸡毛。几天后暴热，田里又多虫，稻谷都长成了草。粮食立刻就成了焦心的话题。家家都觉得奶崽太多，太能吃，又觉得米桶太浅，一舀就见底。有人开始借谷，一借就有了连锁反应，不管桶里有谷没谷的，都踊跃地借，大张旗鼓地借，以示自己也会盘算别人。丙崽娘也借得要死要活的，其实她这几年大模大样地积德，义务照看祠堂，偷偷省下了不少猫粮。祠堂里不能没有猫，不然老鼠啃了族谱和牌位怎么办？搅了祖宗的安宁怎么办？养猫也不能没有猫粮。丙崽娘每年从公田收成里分得两担谷，每天拿瓦罐盛半罐饭，吆吆喝喝从一些门户前经过，说是去送猫食，其实一进祠堂就自己吃了。只可怜那只饿猫，只吃点糠粉野菜，饿得皮包骨，成天蚊子一样尖叫。

靠这只老猫，娘崽两个居然混过了春荒。大家似乎知道这个中机巧，有人在她背后指指点点。她横眉竖眼，装着没听见就是。

一直借到寨子里人心惶惶，女人们又开始

谈起杀人祭谷神。丙崽娘有点兴高采烈，积极投入了这场对谷神的议论。得闲的时候，就带上针线鞋底，拉上丙崽，矮胖的身子左一顿，右一顿，屁股磨进一家家高大的门槛。对一些没听说过谷神的女崽，她谆谆教导：这可是个老规矩呐。不杀人是不能祭谷神的，要杀人就要杀个男的，选头发最密的杀，肉块都分给狗吃。杀到哪一家，就叫哪一家“吃天粮”……说得女子睁大眼睛，脸色发白，相互挤靠得越来越紧。她又笑起来，神秘地压低声音：“你屋里不会吃天粮的，放心。你男人头发胡子都稀么……不过，也不蛮稀。”或者说：“你屋里不会吃天粮的，放心。你竹哥太瘦了，没有几斤肉，不过……也不蛮瘦。嗯啦。”

她圆睁双眼，把一户户女人都安慰得心惊肉跳之后，才弯着一个指头，把碗里的茶叶扒起来，嚼得吱吱响，严肃认真地告别：“吾去视一下。”

“视一下”有很含混的意思，包括我去打听

一下，我去说说情，有我做主，或者是我去看看我的鸡埘什么的，都通。但在女人们的恐慌中，这种含混也很温暖，似乎也值得寄予希望。

实在是割野葱去了。

然后是看鸡埘去了。

鸡埘那边就是仁宝父子的家。丙崽娘看完鸡埘，总是朝那边望一眼。这一眼的意思也很模糊，似乎是招呼，似乎是警惕，似乎是窥探隐私，似乎是不示弱地挑战：看你能把我怎么样？每天都这样偷偷地望几眼，叫仲裁缝心里猫抓似的。

仲裁缝恨女人，尤恨丙崽他娘，那个圆不圆瘪不瘪的家伙。说起来，她还算他的弟媳，又与他为邻，两家地坪相连树荫相接，要是拆了墙壁，大家会发现对方也不过是吃饭、睡觉、训儿子，没什么两样。但越接近就越看得清楚，看出些不一样来。丙崽娘常常挑起一竹篙女人的衣裤，显眼地晒在地坪里，正冲着裁缝的大门，使他一出门就觉得晦气，这不是有辱斯文么？她还经常在地坪里摊晒一些胞衣，作为大补佳药拿去吃，或卖钱。那些婆娘们腹中落下来的肉囊，有血腥气，在晒席上翻来滚去的，晒出一条条皱纹，恰似一个个鬼魂，令人须发倒竖。

不过，这一切都不如她那眼光可恶。似乎是心不在焉地瞅一眼，有毫无理由的理由，有毫不关心的关心，像投来一条无形的毒蛇。堂堂仲满的儿子就是被这样的毒蛇缠住，乱了辈分，毁了伦常，闹出一些恶浊不堪的闲言，岂不是往他仲满耳朵里灌脓？

“妖怪！”

有一天，仲裁缝在大门口怒骂。

地坪里没有他人，只有丙崽娘。她架起一条腿，撕剥脚皮，哼了一声，吐出一口痰，又狠狠剥下两大块茧皮。

就这样交了恶。

但仲裁缝从来不对丙崽做手脚。有一回，小老头怯怯地来到他家门口，研究了一下他脸上的麻子，吐了两个痰泡，把一团绿色鼻涕抹在布料上。裁缝忍无可忍，但还是没有恶语，只是横了一眼，旋即把布料塞进灶口，烧了。

避女人与小子，乃有君子之风。仲裁缝算不算君子，不好说。但他从不与女人交道，从不同后生笑闹，在寨子里是个颇有“话份”的长者。话份在这里也是一个含糊概念，初到这里来的人许久还弄不明白。似乎有钱，有一门技术，有一把胡须，有一个很出息的儿子或女婿，就有了所谓话份。后生们都以毕生精力来争取话份。

有话份，就意味着有人来听你说话。仲裁缝粗通文墨，自婆娘早死之后，孤独度日，晴耕雨读，翻破了几本六叔留下来的线装书，知道不少似真似假的旧事。晋公子重耳、吕洞宾、马伏波，还有他最为崇拜的贤相诸葛亮，都常在他嘴中出入。尤其是坐在火塘边的时候，他把竹烟管喝得嘀嘀的响，慢条斯理说一句，停半天再说一句，三个字一顿，五个字一断，间或夹上一声“哎”，久久没有下文，目光茫茫然，不像是在同听者说话，而是在同死去的先人禅对。后生们望着他脸上几颗冷峻的阴麻子，不敢催促他。

“汽车算个卵。”他说，“卧龙先生，造了木牛流马，逢山过山，逢水过水。只怪后人太蠢，就失传了。”

他还说：“先人一个个身高八尺，力敌千钧，日行三百。哪像现在，生出那号小杂种，茄子不是茄子，豆角不是豆角。”

大家知道他是说丙崽。

“先人真有那么高大？”有个后生表示怀疑，“上次我们挖坟砖，挖出来的骨头同我们的差不多，没长到哪里去呵。”

“晓得什么！”仲满哼了一声，“人死了，骨头就缩了。”

“那年千家坪唱戏，诸葛亮还是个矮子。”

“书真戏假，戏台上的事能信么？”

他越这样崇敬古人，越觉得日子不顺心。摇着蒲扇，还是感到闷，鼻尖上直冒汗——呸，妖怪，先前哪有这么热呢？那时候六月天的夜里也要盖被子呵。他觉得椅子也很不合意，吱吱呀呀叫得很阴险——妖怪，如今的手艺也真是哄鬼呵，哪像先前一张椅子，从出嫁坐到做外婆，还是紧紧实实的。想来想去，觉得没有了卧龙先生，这世道恐怕是要败了，这鸡头寨怕是要绝人了。

眼下，听人们都在议论天灾，议论杀人祭谷神，听得让人烦。他坐在家里不知要如何才好。好像出了点问题，仔细思量，才知是自己肚子饿。近来很少有人接他去做衣，即使接他去做上门工，主家的饭食也越来越稀软——此事最不可容忍。人是铁，饭是钢么，人吃饭怎么成了猪吃潲？如果米饭不是粒粒如铁砂，他情愿不摸筷子。当然，更让他寒心的是，今天是什么日子？是他五十岁大寿。想想看，寿星佬居然饿着，这日子还能过？

“仁拐子！”他叫喊。

没有人回答。

“仁拐子，要舂米啦！”

他又喊了一声，上楼去找找，还是没有找到米，只有半箩瘪壳谷，充其量只能拿来喂喂鸡。

还有去年攒下来一担苞谷和几十个南瓜，竟然也不翼而飞。他往儿子的房间看看，发现那铺盖上全是灰土，还有老鼠屎，看来很久没有人睡过，使他不免吃了一惊。

他明白了什么，一句话也没说，只是啪啪两下，狠抽自己的耳光。“家门不幸，家门不幸呵。老子前世作了什么孽？……”

他看见墙边几个大瓦坛子，很久没有装酸菜了，倒立在那里，像几个囚犯受着大刑，永远倒栽在那里。他还看见一具棺木，不知是仁宝为谁准备的，横霸中央，不可一世。有一只老鼠钻出棺材，在墙根一晃即逝，更让他明白了什么。妖怪！对了，就是这个妖怪——他梦见过的，这家伙眼红足赤，抹了胭脂一般，拱手而立，眼睛滴溜溜地转，还同情地冲他一笑。这不就是古书上说的红眼媚鼠吗？不就是德龙家那妖婆附体的精怪吗？仁拐子一定是被它媚住的，是被它勾了魂魄的。

仲裁缝气喘吁吁，下楼找到铁尺，回头找媚

鼠算账。一铁尺打过去，咣地破了个坛子，老鼠尾巴又缩进壁缝去了。他跑到另一房间，撬破一个木柜，捅烂两只篾篓，还是没有成功捕杀。他咚咚咚地窜到楼下，对可疑之处一律给予惊天动地的检查。一瞬间，碗钵烂了，吊壶也倒了，桌椅板凳都苦苦地跪倒或趴下，尘灰到处飞扬。当他引火大烧鼠洞的时候，一不小心，黑油油的帐子又接上火，燎起热爆爆的一片金黄色光亮。

幸亏老黑狗前来相助，媚鼠总算被他找到，被他戳死，六只肉溜溜的乳鼠也被他斩首，拿到火塘中烧出了一股奇臭。他听见地坪中有脚步声，回过头，没看见儿子，只有丙崽娘蓬头散发，半掩胸襟，朝这边瞄了一眼。

大概是闻到了奇臭，不知这里发生了什么事。

他更加冒火，一咬牙，把老鼠的尸灰泡在水里，喝了下去。

他脸发黑，感到丹田之气已尽，默坐一阵之后出门而去。此时公鸡正在叫午，寨子里静得像没有人，只有两只蝴蝶在无声飞绕。对面是鸡公岭一片狰狞石壁，斑斓石纹有的像刀枪，有的像旗鼓，有的像兜鍪铠甲，有的像战马长车。还有些石脉不知含了什么东西，呈深深赭色，如淋漓鲜血劈头盖脑地从山顶泻下来，一片惨烈的兵燹气象。仲裁缝突然觉得，他听到了来自那里的轰隆隆声浪，听到了先人们正在对自己召唤。

路过瓜棚时，见绿叶丛中冒出一张老人的脸。

“仲爷，吃了？”

“吃了。”他淡淡一笑。

“要祭谷神了？”

“要祭的吧？”

“轮到谁的脑袋？”

“听说……摇签。”

“摇签？”

“摇到我就好了。”

“活着是没什么意思。”

“我都活过了五十，该回去了。”

“谁说不是呢？”

“省得饿肚皮，省得挑担子。”

“还省得蚊子、蚂蟥咬。”

“省得日晒雨淋。”

“省得受儿孙的气。”

双方不再说话。

山上的树漫天生长。从茶子坡过去，大木就多了。有些树上扎了篾条，那都是寿木。寨里的人很小就要上山给自己看寿木，看中了，留个记号，以后每年检查一两次，直到自己最终躺进寿木做成的棺材。但仲裁缝很少进山，也一直没选过寿木，而且憎恶这一棵棵居心不良的鸟树。君子坐有坐相，站有站相，死也要有个死威，死得顶天立地，还用得着准备什么？他提着弯刀进山来，就是要选一处好风景，砍出一个尖尖的树桩，然后桩尖对准粪门，一声嘿，坐桩而死，死出个慷慨激昂。他见过这种死法。前些年马子洞的龙拐子就是一个。他咳痰，咳得不耐烦了，就昂首挺胸地坐死在桩上。后来人们发现血流满地，桩前的草皮都被他抓破，抓出了两个坑，翻出了一堆堆浮土，可见他死得惨烈、死得好，不仅上了族谱的忠烈篇，还在四乡八里传为美谈。

他选定了一棵松树，用裁缝的手，不熟练地砍削起来。

五

为什么祭谷神不用猪羊而要用人肉，为什么杀人得杀个男人，最好是须发茂密的男人……这些道理从来无人深究。

有些寨子祭谷神，喜欢杀其他寨子的人，或者去路上劫杀过往的陌生商客，但鸡头寨似乎民风朴实，从不对神明弄虚作假，要杀就杀本寨人。抽签是确定对象的公道办法，从此以后每年对死者亲属补三担公田稻谷，算是补偿和抚恤。这一次，一签摇出来，摇到了丙崽的名下，让很多男人松了口气，一致认为丙崽真是幸运：这就对了，一个活活受罪的废物，天天受嘲笑和挨耳光，死了不就是脱离苦海？今后不再折磨他娘，还能每年给他娘赚回几担口粮，岂不是无本万利的好事？

听到这消息，丙崽娘两眼翻白，当场晕了过去。几个汉子不由分说，照例放一挂鞭炮以示祝贺，把昏昏入睡的丙崽塞入一只麻袋，抬着往祠堂而去。不料只走到半道，天上劈下一个炸雷，打得几个汉子脚底发麻，晕头转向，齐刷刷倒在泥水里。他们好半天才醒过来，吓得赶快对天叩拜，及时反省自己的罪过：莫非谷神大仙嫌丙崽肉少，对这个祭品很不满意，怒冲冲给出一个警告？

这样，丙崽娘哭着闹着赶上来，把麻袋打开，把咕咕噜噜的丙崽抱回家去，汉子们也就没怎么拦阻。

重新商议，重新摇签，杀了另一个短命鬼，是后来的事。不过像很多寨子一样，鸡头寨这次祭过谷神以后还是灾厄未除，地上依然大旱，下种的秋玉米没怎么出苗，稻田里的虫子也没退去。人们更恐慌了，不仅把周边山上的野菜挖了个遍，不仅把镯子、耳环都拿去换粮食，而且鬼鬼祟祟张皇失措摩拳擦掌准备炸掉鸡头峰——这是一位巫师的主意。据这位巫师一边揪鼻涕一边说，流年不利，年成不好，主要是叫鸡精在作怪。你们没看见么？鸡头峰正冲着寨子里的田土，把五谷收成都啄进肚子里去啦。

巫师抓狂时发出的大声鸡叫，给人们印象很深。

风声传出去，七里路以外的鸡尾寨立刻炸了锅。道理是这样：若斩了鸡头，鸡尾还如何出粪？没有鸡尾出粪，鸡尾寨还拿什么丰收五谷？要知道，鸡尾寨是个大寨，有几百号人口，在寨前的石头大牌坊下进进出出，全靠叫鸡精一个粪门的照顾，近年来比较富足。那寨子出了一些读书人，据说有的在新疆带兵，回乡省亲都是坐八人大轿。每逢过年，那寨子里家家宰牛，牛叫声此起彼落，牛皮商也最喜欢往那里钻。

不仅鸡头吃谷鸡尾出粪的说法，一直在暗

暗流传使两寨生隙，而且鸡尾寨去年一连几胎都生女崽，还生了什么葡萄胎，也是两寨不和的原因。有人说，鸡尾寨路口的一口水井和一棵樟树，就是保佑全寨的阳根和阴穴，是寨子里发人的保障。一年前有鸡头寨的某后生路过那里，上树摸鸟蛋，弄断一根枝丫，不就伤了鸡尾寨的命根？那后生还往井里丢了一只烂草鞋，不就是闹出什么葡萄胎的根由？……眼下，旧恨未消新仇又起，贼坯子们还要炸掉鸡头峰，也太歹毒了吧？

双方初次交手，是在两寨交界处吵了一架，还动起了手脚。鸡尾寨有人受伤，脑袋上留下一条深沟，嘴里大冒白色泡沫。鸡头寨也有人挂彩，肠子溜到肚皮外，带血带水地拖了两丈多远，被旁人捡起来，理成一小堆重新塞回肚囊。

不得了啦，不得了啦。寨子里锣声大震，人人头上都缠着白布条，家家大门上都倒挂着一条长裤，祖宗牌位前还有人们咬破手指洒下的血迹。这都是决一死战的表示。看着大人们忙着扛树木去寨前堵路设障，或是在阶前霍霍地磨刀，丙崽倒是显得很兴奋，大概把热闹当成了过年的景象。他到处喊“爸爸”，摇摇摆摆地敲着一面小铜锣，口袋里装有红薯丝，掏出来一两根，就撒落了三四根，引来两条狗跟着他转。他对仲裁缝家的老黑狗会意地一笑，又朝两棵芭蕉树哇地叫嚣了一声，看见前面有一条牛，又低压着脑袋，朝那边一顿一顿地慢跑。

几个娃崽也在路口疯玩，看见了他。

“视，宝崽来了。”

“他没有叔叔，是个野崽。”

“吾晓得，渠是蜘蛛变的。”

“根本不是，渠的妈妈是蜘蛛变的。”

“要渠磕头，好不好！”

“不，要渠吃牛屎，吃最臭最臭的！啊呀，臭死人！”

……

丙崽朝他们敲了一下锣，舔舔鼻涕，兴奋地招呼：“爸爸爸——”

“哪个是你爸爸？呸，矮下来！”

娃崽们围上去，捏他的耳朵，把他揪到一堆牛屎前，逼他跪下去，鼻尖就要顶着牛粪堆了。“张嘴，你张嘴！”他们大喊。

幸好来了一群大人，才使娃崽们停止胡闹，遗憾地一哄而散。但丙崽还在那里久久地跪着，发现周围已无人影，才爬起来朝四下看看，咕咕哝哝，阴险地把一个小娃崽的斗笠狠狠踩上几脚，再若无其事地跟上人群，去看热闹。

大人们牵来了一头牛，牛身上的泥片已被洗刷干净了，须毛清晰，屁股头的胯骨显得十分突出。湿滑的牛嘴一挪一磨，散发出来自胃里的一种草料臭。

一个汉子提着大刀走过来，把刀插在地上，脱光上衣，大碗喝酒。那刀也令丙崽感到新奇。刀被磨得锃亮，刀口一道银光，柔顺而清凉，十分诱人。有花纹的刀柄被桐油擦得黄澄澄的，看来很合手，好像就要跳到你手上来，不用你费什么气力，就会嚓嚓嚓地朝什么东西砍去。

“吉辰已到，太上显灵——”随着有人一声大呼，锣鼓齐鸣，鞭炮炸响，那汉子已经喝完酒，叭的一声，砸了酒碗，拔起刀来，一跺脚，一声嘿，手起刀落，牛头就在地动山摇之间离开了牛身，像一块泥土慢慢垮下来。牛角戳地之时，牛眼还圆圆地睁着，牛颈则像一个西瓜的剖面，皮层裹着鲜鲜的红肉——没有头的牛身还稳稳站了片刻。

娃崽们吓了一跳。他们不知道，为什么当牛身最终向前扑倒的时候，大人们都会一齐欢呼起来：

“赢了！”

“我们赢了！”

“我们赢定了！”

“拍死姓罗的那些臭杂种——”

……

其实这是一种战前预测方式。据说当年马伏波将军南征，每次战斗之前都要砍牛头问凶吉，如牛向前倒，就是预示胜利，若牛向后倒，就得赶快撤兵。

人们的欢呼太响亮了，吓得丙崽上嘴唇跳了一下，咕咕哝哝。他看见有一缕红红的东西，从大人们的腿下流出来，一条赤蛇般地弯弯曲曲急窜。他蹲下去捏了捏，感到有些滑手，往衣上一抹，倒是很好看。不一会儿，他满身满脸就全是牛血。大概弄到嘴里的牛血有些腥，小老头翻了个白眼。

丙崽娘也提了个篮子来，想看看牛肉怎么分。听人家说，没人上阵的人家没有肉吃，正噘着嘴巴生气。一眼瞥见丙崽这血污污的全身，更把脸盘气大了。"你要死，要死呵？"她上前揪住小老头的嘴巴，揪得他眼皮往下扯，黑眼珠转不过来，似乎还望着祠堂那边。

"×吗吗。"

"又要老娘洗，又要老娘洗，你这个催命鬼要磨死我呵？还不如拿你去祭了谷神，也让老娘的手歇上几天呵。"

"×吗吗×吗吗。"

她把丙崽像提猫一样提回家去。

整整一天，丙崽没有衣穿，全身赤条条。他似乎还知道点羞耻，没有出门去巡游，只是听到远处急促地敲锣，也敲几下自己的小铜锣。看见妇女们哭哭泣泣燃着香火去祠堂，他也在水沟边插上一排树枝，把一堆牛粪当作叩拜的对象。不知什么时候，他倒在地上睡了一觉。醒来时觉得寨子里特别安静，就再睡了一觉，直到斜斜的夕阳投照在他身上，把他全身抹出了一片金色。

他醒来的时候，发现自己在祠堂的大瓦盖下，嘈杂的脚步声、叫骂声、哭号声、铁器碰撞声，响在他的周围。借着闪闪烁烁的松明子，他看不清这里的全景，只见男女老幼全是头缠白布，一眼望去，密密的白点起起伏伏飘移游动。好些女人互相搀扶着、依靠着、搂抱着，哭得捶胸顿足，泪水湿了袖口和肩头。丙崽娘一屁股坐在地上，不时用袖口去擦眼睛，也把眼圈哭红了，显得一张娃娃脸很纯真了。她坐在二满家的媳妇旁，用力收缩鼻孔，捉住对方的手，用外乡口音说："人生一世，草木一秋，去也就去了。你要往开处想，呵？你还有后，有兄弟，有爷娘。吾呢，那死鬼不知是死是活，一个丙崽也当不得正人用的，比你还苦十倍呵。"

她劝别人莫哭，自己却带头大哭，使对方更加泪水横飞。

"打冤家总是有个三长两短。早死也是死，晚死也是死。早死早投胎，说不定投个富贵人家，还强了。呵？"

对方还是哭出奇怪声调，听上去是剪刀在玻璃上划出的尖声。

大概想到了什么伤心事，丙崽娘拍着双膝更加大放悲声，哭得自己头上的白布条在胸前滑上去，又滑下来。"吾那娘老子哎，你做的好事呀。你疼大姐，疼二姐，疼三姐，就是不疼吾呀。你做的好事呀，马桶脚盆都没有哇……"

这就不知道是什么意思了。

正堂里烧了一堆柴火，噼噼啪啪炸出些火

光。靠三根大树支着，一口大铁锅架在火上，冒出咕咕嘟嘟的沸腾声，还有腾腾热气冲得屋梁上的蝙蝠四处乱窜。人们闻到了肉香，但人们也知道，锅里不光有猪肉，还有人肉。按照打冤家的老规矩，对敌人必须食肉寝皮，取尸体若干，切成了一块块，与猪肉块混成一锅，最能让战士们吃出豪气与勇气。当然，猪肉油水厚一些，味道鲜一些。为了怕人们专挑猪肉，也为了避免抢食之下秩序混乱，肉块必须公平分配，由一个汉子站在木凳上，抄一杆梭镖往锅里胡乱去戳，戳到什么就是什么，戳给谁谁就得吃。这叫吃“枪头肉”。

前面已经有人吃开了。有的吃到了肺，不知是猪肺还是人肺。有的吃到了肝，不知是猪肝还是人肝。有的吃到了猪脚，倒是吃得很安心。有的吃到了人手，当下就胸口作涌，哇的一声呕吐出来。

柴火的热气一浪浪袭来，把前排人的胸脯和胯裆都烤烫了，使他们不由自主往后挪。油浸浸的那杆梭镖映着火光，油浸浸的发亮，不时从锅里带出一点汁水，就零零星星洒下三两火珠，落入身影后的暗处。一个赤膊大汉突然站起来，发疯般地大叫一声："给老子上人肉！老子就是要吃罗老八的脔心肝肺……"

几个不甘示弱的汉子也站起来：

"嚼罗老八的骨头！"

"嚼罗老八的脚筋！"

"老子要拿罗老八的鸡巴拌辣椒！"

……

场面有点乱。人影错杂之际，火光把人影投射在四壁和屋顶，使那些比真人放大了几倍乃至十几倍的黑影，一下被拉长，一下被缩短，忽大忽小，忽胖忽瘦，扭曲成各种形状。

"德龙家的，过来！"

叫到丙崽娘的名字了。她哭得泪眼糊糊的，还在连连拍膝，"吾不要哇，吃命哇……"

"碗拿来。"

"罗老八是我接生的哇，他还喊我干娘

哇……”

“德龙家的，你娘的×吃不吃？丙崽，你吃！”

丙崽穿着开裆裤，很不耐烦地被旁人推到前面，很不情愿地从旁人手里接过一个碗。他抓起碗里一块什么肺，被烫了一下，嗅了一嗅，大概觉得气味不好，翻了个白眼，连碗带肺都丢了，朝母亲怀里跑去。

“你要吃！”有人把肺块捡起来，重新放在碗里。

“你非吃不可！”很多油亮亮的大嘴都冲着他叫喊。

一位白胡子老人，对他伸出寸多长的指甲，响亮地咳了一声，激动地教诲：“同仇敌忾，生死相托，既是鸡头寨的儿孙，岂有不吃之理？”

“吃！”掌梭镖的那位汉子，把碗再次塞到他怀里，于是屋顶上出现了一个无比巨大的手影。

丙崽看着屋顶上黑影，哇的一声哭了。

六

仁宝下山耍了几日，顺便想打打零工，交交朋友。要是机会好，找个机会做上门女婿也不错。他听说前几天有一队枪兵从千家坪过，觉得太好了。嘿，这不就是要开始了么？可枪兵过就过了，既没有往鸡头寨去改天换地，也没邀他去畅谈一下什么理想，使他相当失望。倒是有一个买炭的伙计从山里慌慌地出来，说鸡头寨与鸡尾寨行武了，还说马子溪漂下来了一具尸体，不知为什么脚朝上头朝下，泡得一张脸有砧板大，吓死人……

仁宝吓了一跳：还果真打起来了么？

他在外面人缘很广，在鸡尾寨也有一位窑匠朋友，一位铜匠朋友，一位教书匠朋友，堪称莫逆，不可伤情面的。如今打什么冤家呢？同饮一溪水，同烧一山柴，大家坐拢来喝杯酒吃碗肉不就结了？

仁宝回到了寨子里，发现父亲脸色苍白，重伤在床——那天他去坐桩，被一个砍柴的发现，把他救了回来，但下体的伤口一时半刻封不了疤。

“不是渠不孝，仲爹何事会寻绝路？”

“坐桩没死成，兴怕也会被气死。”

“崽大爷难做，没得办法呵。”

“你看渠个脸相，吊眉吊眼的，是个克爹的种。”

“他娘故得那样早，恐怕也是被克的吧？”

……这一类话，从耳后飘来，仁宝不可能没听到。他跪在老爹的床前，抽了自己几个耳光，在地上砸出几个响头，又去借谷米给仲裁缝做了一顿干饭。见裁缝还是不理他，便毫无意义地扫了扫地，毫无意义地踩死了几只蚂蚁，毫无意义地把马灯罩子再研究了片刻，怏怏地往祠堂而去。

祠堂门前一圈人，都头缠白布条，正谈论着打冤家的事。这似乎是仁宝重建形象的好机会，只是大家都红了眼，红得仁宝也有几分激动，一开腔竟完全忘了自己回寨子来的初衷。“鸡头峰嘛，这个，当然么，是可以不炸的。请个阴阳先生来，做点关口，什么邪气都是可以破掉的是不是？”他显出知书识礼的公允，“不过话说回来，说回来。他们姓罗的明火执仗打上门来，也欺人太甚不是？小事就不要争了，不争了——”他闭着眼睛拖出长长的尾音，接着恶狠狠扫了众人一眼，“但我们要争口气，争个不受欺！”

“仁宝说得对，我们被他们欺侮太久了！”一个汉子说。

仁宝受到鼓舞，说得更为滔滔不绝：“人心都是肉长的，总得讲个天地良心吧？莫说是你们，我对鸡尾寨的人怎么样？他们来了，我冲豆子茶，豆子是要多抓一把的。到时候吃饭，我油盐是要多下一些的。怎么能翻脸不认人呢？树活一张皮，人活一口气，对这样不知好歹的畜生，你还有什么道理可讲？……”

打冤家的正义性，由他以新的方式再次解

说。众人如果不觉得他的道理有多新鲜，至少觉得那恶狠狠的扫视还是很感人。他眯着眼睛看出这一点，看到自己忤逆不孝和怕死躲战的恶名几乎消除，更为兴高采烈，把衣襟嚓的一下撕开，抡起一把山锄，朝地上狠狠砸出一个洞，“量小非君子，无毒不丈夫。呸！老子的命——就在今天了！”

他勇猛地扎了扎腰带，勇猛地在祠堂冲进冲出，又勇猛地上了一趟茅房，弄得众人都肃然起敬。

从这一天起，他似乎成了个预备烈士，总像要开始什么大事，在寨子内外无端地游来转去，好像在巡视哨卡，又好像在检查熬硝一类备战工作，无论看一棵树还是一块岩石，都锁着眉头目光凝重，有种出征临战之际壮士一去不复返的肃穆。转悠完了，他见人就心情沉重地嘱托后事：“金哥，以后家父就拜托你了。我们从小就像嫡亲兄弟，不分彼此的。那次赶肉，要不是你，吾早就命归阴府了。你给吾的好处，吾都记得的……”

“二伯爷，腰子还阴痛么？你老要好好保重。以前很多事只怪吾没做好。吾本来要给你砍一屋柴火，但来不及了。那次帮你垫楼板，也没垫得齐整。往后的日子里，你想吃就吃点，要穿就穿点，身子骨不灵便，就莫下田了。侄儿无用，服侍你的日子不多了，这几句还是烦请你把它往心里去……

“庆嫂子，有件事早就想找你说一说。吾以前做了好些蠢事，有对不起你的地方，你千万莫记恨。有一次我偷了你的两个菜瓜，给窑匠师傅吃了，你不晓得。现在吾想起来，腐心蒂子都是痛的。吾今日特地来说声得罪了，对不起呵。你要咒就咒，你要打就打……

“幺姐……你……你在洗衣么？这一次实在是没办法了。你千万莫难过，千万莫伤身子。吾是个没用的人，文不得，武不得，连几丘田也做不肥。不过人生一世，总是要死的。这一点我明白。八尺男儿，报家报国，义不容辞。你话呢？

好些事眼下也没法讲了。反正只要你心里还有一个石仁哥，我也就落心落意去了。你千万……硬朗点，形势总会好的。吾这就告辞了……”

他很能克制悲伤，不时缩缩鼻子。

弄得连最讨厌他的幺姐也都有些戚戚然，泪水夺眶而出。“石仁，你不要这样，我以前也不是真恨你……”

“不，吾决心已定。”他低着头，望着路边一块破瓦片。

“不是说不打了吗？”

“你也相信？”他悲壮地一笑。

几天下来，大家都不知道他要干什么，不知道他马上要干什么。听见他的皮鞋子还是在石阶上响来响去，发现他还没有去赴汤蹈火。好在寨子里这一段很乱，又是鸡上屋，又是牛吃禾，又是办丧事和操武艺，众人没顾上研究这位大英雄。甚至也慢慢习惯了。要是他不忙，众人还会觉得少了点什么，有什么地方不对劲。

这一天，从鸡尾寨传来消息：对方准备告

官。这样鸡头寨也得有所准备，仁宝在外面的脚路广，更得有所作为才对。不过他并没有同官府打过交道，对文书款式没有太多把握。两位老人想了想，记起仲裁缝说过的什么，对提笔的那位说：“兴许，叫禀帖吧？”

仁宝想起了什么，摇摇手：“不是不是，叫报告。”

“禀帖吧？”

“是报告。”

“总得有上有下，要讲点礼性。”

“要讲礼性，报告就最礼性了。”仁宝宽容地一笑，“没错的，没错的。”

“你去问你叔叔。”

“他只懂些老皇历，晓得个屁呵。”

“你读过好多书，他读过好多书？”

“现在还读什么书？下边人都看报纸了。”

“下边人打个屁也是香的？什么报告不报告，听起来太戳气了。”

“伯爷们，大哥们，听吾的，决不会错的。

昨天落了场大雨，难道老规矩还能用？我们这里也太保守了，真的。你们去千家坪视一视，既然人家都吃酱油，所以都照镜子，都穿皮鞋。你们晓不晓得？松紧带子是什么东西做的？是橡皮筋，这是个好东西。马灯烧的是什么东西？是汽油，也是个好东西。你们想想，还能写什么禀帖么？正因为如此，我们就要赶紧决定下来，再不能犹豫了，所以你们视吧。”

众人被他“既然”“因为”“所以”了一番，似懂非懂，半天没答上话来。想想昨天确实落了雨，就在他“难道”般的严正感面前，勉强同意写成“报帖”。

接下来又发生一些问题。老班子要用文言写，他主张用什么白话写；老班子主张用农历，他主张用什么公历；老班子主张在报告后面盖马蹄印，他说马蹄印太保守了，太难看了，太污浊了，只能惹外人笑话，应该以什么签名代替。他时而沉思，时而宽容，时而谦虚地点头附和——但附和之后又要“把话说回来”，介绍各种新章法和新理论，俨然一个通情达理的新党。

“仁麻拐，你耳朵里好多毛！”丙崽娘忍无可忍，突然大喊了一声，“你哪来这么多弯弯肠子？四处打锣，到处都有你，都有你这一坨狗屎！”

“婶娘……”仁宝嘿嘿一笑。

“哪个是你婶娘，呸呸呸……”丙崽娘抽了自己嘴巴一掌，眼眶一红，眼泪就流出来，“你晓得的，老娘的剪刀等着你！”

说完拉着丙崽就走。

人们不知丙崽娘为何这样悲愤，不免悄声议论起来。仁宝急了，说她是个神经病，从来就不说人话么。然后忙掏出几皮烟叶，一皮皮分送给男人们，自己一点也不剩。加上一个劲地讨好，他鸡啄米似的点头哈腰，到处拍肩膀和送笑脸，慷慨英雄之态荡然无存。事后一个汉子揪住仁宝逼问：“你对德龙家的到底怎么样了？她硬是吃得下你。”仁宝捶胸顿足地说：“老天在上，我能怎么样？她是我婶娘，一个禾场磙子。我就是鸡巴再骚，不怕她碾死我？”汉子上下打量仁宝一眼，还是半信半疑。

七

告官的代表从千家坪回来，说官府收是收下了报帖，但还得派人上山来查勘事实，才能最终断案。不过从办案官的脸色来看，好像是凶多吉少。且不说鸡尾寨人脉广，在官场里有关系，就是说话这一条，鸡头寨也不占上风。他们的口音别出一格，办案官听着听着就发脾气：“你们说些什么话？把舌头扯直了再说好不好？”

爹妈给的舌头就是这样，还要怎么个直法？

“下次再在公堂上讲鸟语，先掌嘴三十！”办案官又说。

加上三位代表一到千家坪就水土不服，又是胸闷，又是头晕，又是呕吐拉稀，这官司看来是太不好打，也打不下去的。他们十张嘴顶不了仇家的一张嘴，这官司还能打么？难怪仲裁缝说过，先民有仇不动朝不告官，是祸是福从来都自己扛，那才是好汉。

告官叫作走“舌道”，叫作文胜。行武叫作走“牙道”，叫作武胜。到底是要用舌还是要用牙，寨子里分成两派意见，一时无法统一。有个后生突然想起了一件事，说那天杀牛以占胜败，结果并不灵。倒是丙崽当时在场咒了句“×妈妈”，像是给了个坏兆头，却灵验了……这不十分可疑吗？这一想，大家都觉得丙崽神秘。丙崽有一次从山崖上滚下来，不但没有死，还毫发未损，不是神了吗？丙崽有一次被棋盘蛇咬了一口，不但没有倒地立毙，还活蹦乱跳手舞足蹈追着蛇要打，不是更神了吗？这样一件大神物，只会说“爸爸”和“×吗吗”两句话，莫非就是泄露天机的阴阳二卦？

大家都觉得是这个理，于是连忙取来一架滑竿，就是两根竹子夹一张椅子，把丙崽抬到祠堂前。香火也即刻点燃。

“丙相公……”

“丙大爷……”

“丙仙……”

汉子们伏拜在他面前，紧紧盯住他，对他额上的抬头纹充满希望。

丙崽刚坐过滑竿，十分快活，脸上笑纹舒展，鼻涕炸了一个泡。他把停止不动的滑竿踢了一脚，发现它还是不再动，翻了个白眼。

实在不好理解。

是不是他要高兴了才会显灵？有人狠狠心，把家里珍藏很久的一块粽粑找来，贡献给鸡头寨第一大高人。丙崽这才兴奋起来，急急地掰粽粑，没抓稳，掉了一块，其实就掉在他右脚边，但他脑袋转起来不灵便，轮着眼皮居然朝左边望去。这样个吃法，是吃一半掉一半。每掉一块，他照例去找，照例找错了方向。有时也能阴差阳错，发现了前几次掉下的碎粑，他捡起来就往嘴里塞。

他拍拍巴掌，听见了麻雀叫，仰头轮了个方向不够准确的白眼。最后指定了一个方向：

“爸爸。”

好，终于有了结果。照事先的约定，他叫“爸爸”就意味着舌道，意味着官司还得继续打。主张用舌的一派因此欢欣鼓舞，一颗悬心总算落到实处。不过，主张牙道的一派还是犹疑，一再琢磨丙崽的其他意思。比方他手里的粽粑总是掉了一半，就没什么意味吗？嘴里吹了一个涎泡，又是什么含义？至于他的手指朝上，所指之处有祠堂一个尖尖的檐角，向上弯弯地翘起，像一只黑色老凤举翅欲飞。那不会是更重要的指点吧？

“渠是指麻雀，还是指树？”

“不，是指屋檐。”

“檐和言同音，是不是说要言和？”

“胡说，檐和炎同音，双火为炎么。他是说要用火攻。”

争了半天，天意又变得茫然难测。

不管是出于天意还是人意，这一天战端再起。鸡尾寨的人主动杀上山来。先是浓烟滚滚，大概是有人故意放火，大火顺着南风，很快就烧焦了鸡头寨的前山，直烧得鸟雀乱飞，一根根竹子炸得惊天动地，黑黑的烟灰到处降落。要不是侥幸碰上一场雨，整个寨子连同后山以及更多的山林，恐怕都得惨遭毒手。接下来，一伙满脸涂着血污的男女，据说嘴里念了刀枪不入的金刚咒，据说头上淋了祛邪避祸的狗血酒，越过大木横陈的路卡，操持刀枪哇哇哇往上冲，如同阎王殿开了大门。他们与迎战的壮丁们混成一团，又砍又劈，又戳又刺，又揍又踢，又咬又啃，经常分不清你我敌友。杀红了眼的时候，一锄头挖到自家人也是难免的。看花了眼的时候，对着一个树蔸大砍大杀也有可能。杀呵，杀呵，杀呵——杀你猪婆养的——杀你狗公肏的——在那一刻，一颗离开了身子的脑袋还在眨眼，一截离开了胳膊的手掌还在抓挠，一具没有脑袋的身子还在向前狂跑。很多人体就这样四分五裂和各行其是。

黑红色或淡红色的鲜血，迅速喷红了草坡和田土，汇入了干枯的沟渠……这一天夜里，特别安静。

活下来的人似乎被遍地鲜血吓蒙了，震呆了，已经不知道哭泣，已经没有泪水。只有竹义家的媳妇疯了，在寨子里走一路就笑一路，唱一路戏文。

一些骨瘦如柴的狗异常活跃，被空气中的血腥味刺激得呜呜乱叫，须毛奋张，两耳竖立。它们也许太饿了，纷纷挤出门缝和跳越石墙，身体拉成一条直线，向血腥味狂射而去，在草坡上或溪沟里找到尸体，撕咬着，咀嚼着，咬得骨头咯咯咯脆响。一条条狗很快就吃得肚大肥圆，打着饱嗝，眼睛红红的，在茅草中窜来窜去时闹出很大动静。它们所到之处都会有血迹。肉块也被它们叼得满处都是。有时你去灶房，无意中搬开一捆柴火，也许会发现柴弯里滚出一只陌生的手或者脚。

把人肉吃习惯以后，它们对活人也变得很有兴趣，总是心怀叵测地跟着人影。尤其是见到有人吵架，音容有些异样，它们就会盯住不放，大大方方地露出尖牙，长长的舌头活泼得像一条飘带、一片水波，等待着什么结果发生。据说竹义家的阿公有次在树下瞌睡，竟被狗误认成尸体，把他大咬了一口。

丙崽把一泡屎拉在椅子上了。

丙崽娘照例唤狗来舔：“呵哩——呵哩——呵哩——”

狗来了，嗅一嗅，又舔舔舌头走了，似乎对粪便已丧失热情。它们刚才听到召唤，不得不来敷衍一下，只是不想在主人面前过于趾高气扬，显得它们富贵并不忘旧情。

于是寨子里屎多了，苍蝇多了，到处都臭起来。丙崽娘遇到二满家的媳妇，缩了缩鼻子，“你身上怎么有股臭味？”

竹义家的瞪大眼，“怪事，是你身上臭。”

两人嗅了一阵，发现大家手都是臭的，袖口也都是臭的，连棒槌和竹篮也有股怪味，这才恍然大悟：原来空气早就臭了，连嘴里说出的话都像放屁。

丙崽娘一直自诩自己娘家是大户，最为干净整洁，因此她从来活得与众不同，即便时逢乱世，即便眼下差不多家家举丧，她还是贵人习惯依旧，带上草把和茶枯，把丙崽拉到水井边狠狠擦洗。但她腹中的米粮实在太少，以前吃下的胞衣也不管用，只是洗净了丙崽的屁股，裤子与椅子上的臭味却怎么也洗不掉。她喘着气，翻着白眼，两眼一黑便歪歪地倒下。

不知自己是怎样醒来的，是怎样摸回家的。没有被狗咬，恐怕就是万幸。她听着窗外的激情狗吠，望着蚊帐上和墙上密密麻麻的苍蝇，伤心地号啕大哭起来："吾那娘老子哎，你做的好事呀。你疼大姐，疼二姐，疼三姐，就是不疼吾呀，你怎么把吾丢到这个黄连罐里来了，一丢就是几十年哇……"

丙崽怯怯地看着她，试探着敲了一下小铜锣，想使她高兴。

她望着儿子，手心朝上推了两把鼻涕，慈祥地点头："来，坐到娘面前来。"

“爸爸。”儿子稳稳地坐下了。

“你一定不能死，你一定要活下去。伢呵，你要去找你那个砍脑壳的鬼！”

她咬着牙关，两眼像对对眼，黑眸子往鼻梁挤，眸子之外有一圈宽宽的眼白，让丙崽有些惊慌。

“×吗吗。”他轻声试了一句。

“你要去找你爸爸，他叫德龙，淡眉毛，细脑壳，会唱些瘟歌。”

“×吗吗。”

“你记住，他兴许在辰州，兴许在岳州，有人视过他的。”

“×吗吗。”

“你要告诉那个畜生，他害得吾娘崽好苦呵。你天天被人打，吾天天被人欺，人家哪个愿意正眼朝我们看一眼？要不是祠堂里一份猫粮，吾娘崽早就死了。要不是你娘不要脸，把一张脸皮任人踩，吾娘崽也早就死了。你要一五一十都告诉那个畜生——”

“×吗吗。”

“你要杀了他！”

丙崽不吭声了，上嘴唇跳了跳。

“吾晓得，你听懂了，听懂了的。你是娘的好崽。”丙崽娘笑了，眼中溢出一滴泪。

她轻轻拍着丙崽，把对方哄睡了，然后挽着个菜篮，一顿一顿地上山去，大概是去采野菜。但她再也没有回来。后来有各种传说，有的说她被蛇咬死了，有的说她被鸡尾寨的人裁了，还有的说她碰上岔路鬼，迷了路，丢了魂，最后摔到山崖下……据说有人看见过她的一只鞋子挂在树上。

这些都无关紧要。寨子里已经减少很多人，再减少一个，不是什么大不了的事。只是丙崽在一直等母亲归来。太阳下山，石蛙呱呱地叫，门前小道上的脚步声渐稀，他还没有见到那张熟悉的面孔。好像有很多蚊子，咬得他全身麻麻地直炸。小老头使劲地挠着，挠出了血，愤怒起来。他要报复蚊子，便把椅子推倒，把茶水泼在床上，把柴灰灌到吊壶里。一块石头砸过去，铁锅也叭的一声裂开。他颠覆了一个世界。

一切都沉入暗夜中，门外还是没有熟悉的脚步声。只有寨子里的隐隐哭声，有邻居木楼里麻子脸裁缝断断续续的呻吟。

小老头在蚊虫的包围下睡了一觉，醒来后觉得肚子饿，踉踉跄跄地走出寨子。月亮很圆、很白，浓浓的光雾照得遍地如白昼，连对面山上每棵树和每棵草，似乎也能看得一清二楚。溪那边，哗哗响处有一片银光灼灼的流水，大片银光中有几团黑影，像捅出了几个洞，其实是雄踞水中的巨石。石蛙已经沉寂，大概它们也睡了。但远处不知何处传来的密集狗吠，像传说着什么夜里发生的大事。

丙崽咬着指头继续走。妈妈曾带着他出外接生孩子。也许妈妈现在就在那些地方，他要去找。他在月光下走着，在笼罩大地的云雾之中走着，上身微微前倾，膝盖悠悠地一晃一晃，像随时可能折断。不知过了多久，不知走了多远，他踢到了一个斗笠，又踢到了一个藤编的盾牌，空落落地响。他咕噜了几声，撒了一泡尿，把盾牌狠踩了一脚。他发现前面躺着一个人，是女的，有散乱的长发，但丙崽从来没有见过。他摇了摇她的手，打她的耳光，扯她的头发，见她总是不能醒来。他手摸女人的乳房，知道这肥大的东西可以吃，便捧着它吸了几口，不过没吸到什么滋味，只好扫兴地撒手。他发现这个女人的腹部很柔软，有弹性，便骑上去，又是后仰又是上跳，感觉自己瘦尖尖的屁股十分舒服。

“爸爸。”小老头累了，靠着肥大乳房，靠着这个很像妈妈的女人睡了。两人的脸都被月光照得如同白纸。还有耳环一闪。

八

“爸爸。”

丙崽指着祠堂的檐角傻笑。

檐角确实没有什么奇怪，像伤痕累累的一只

欲飞老凤。瓦是窑匠们烧制的，用山里的树，用山里的泥，烧出这只老凤的全身羽毛。也许一片片羽毛太沉重，它就飞不起来了，只能静听山里的斑鸠、鹧鸪、画眉以及乌鸦，静听一个个早晨和夜晚，于是听出了苍苍老态。但它还是昂着头，盯住一颗星星或一朵云。它肯定还想拖起整个屋顶腾空而去，像当年引导鸡头寨的祖先们一样，飞向一个美好的地方。

两个后生从祠堂里抬着大铁锅出来，见到丙崽不禁有些奇怪。

“那不是丙崽吗？”

“渠的娘都死了，渠还没死？”

“八字贱得好，死不到渠的头上。”

“怕是阎王老子忘记了。”

“听说渠从崖上跌下来，硬是跌不死。我就不信。”

“再让他跌一次，如何？”

“这个小杂种，上次还吃粽粑。”说话者是指丙崽曾经荣任大仙，享受过特殊优待，因此气不打一处来。

“就是，我们都吞糠咽菜，渠当了官呵？还可以吃粽粑，只怕还要八道酒席？”

两个后生放下锅，大步闯上前来，先把丙崽的全身搜了一遍，没发现红薯丝也没发现苞谷粒。其中一位本就窝火，见丙崽坐瘪了他的斗笠更是火冒三丈，伸手一抹，根本没用什么气力，丙崽就像一棵草倒下了。另一位抽出尖刀顶住他的鼻尖，唾沫星飞到丙崽脸上：“快，抽自己的嘴巴！你不抽，老子剥了你，煮了你！”

“敢！”

身后冒出冷冰冰的声音，两个后生回头看，是铁青的一张麻脸。

仲裁缝是最讲辈分的，伸出两个指头，剑指两个后生的鼻子：“渠是你们叔爹，高了两个辈分，岂能无礼？”

后生立刻想到了自己的地位，想到仲裁缝还是丙崽的伯伯，立刻避开怒目交换了一个眼色，老老实实抬锅去。

仲裁缝向家里走去，想了想，又回转身对侄儿伸出巴掌：“手！”

丙崽往后躲，翻了个白眼，不像是看他，只是看他头上的一棵树。他全身紧张得直颤抖，上嘴唇跳了跳，是试图压住恐惧的勉强一笑。

他的手太冷，太瘦，太小，简直是只鸡爪。仲裁缝抓住它，如同抓住一块冰，不觉全身颤了一下。他帮丙崽抹了抹脸，赶走对方头上几只苍蝇，扣好对方两个衣扣。这件衣不知是谁做的——他从来没给亲侄儿做过衣。

“跟吾走。”

“爸爸。”

“听话。”

“爸爸。”

“谁是你爸爸？”

“×吗吗。”

“畜生！”

……

裁缝不再看他，只是牵着他，默默地走下

坡。不知为什么，看着空空荡荡的寨子，裁缝突然想起自己做过的很多很多衣，长的，短的，肥的，瘦的，艳的，素的，一件件向他飘来，像一个个无头鬼，在眼前摇来晃去。包括那天他看见鸡尾寨的一具尸体，上面的衣不也是出自他一双手？——他认得那针脚，认得那裁片。想到这里，他把丙崽的小爪子抓得更紧，“不要怕，吾就是你爸。你跟吾走。”

几条狗兴冲冲地跟着他们。

山里有一种草，叫雀芋，味甘，却很毒，传说鸟触即死，兽遇则僵。仲裁缝今天已采来雀芋半篮，熬了半锅汤水。事情看来只能这样了：寨里已多日断粮，几头牛和青壮男女，要留下来做阳春，繁衍子孙，传接香火，老弱病残就不用留了吧，就不要增加负担了吧？族谱上白纸黑字，列祖列宗们不也是这样干过吗？仲裁缝经常念及自己生不逢时，无功无业，愧对先人，今天总算以一锅毒药殉了古道，也算是稍稍有了些安慰。

裁缝先把丙崽带到药锅前，摸了摸对方的

头，给他灌了半碗药汤。

“爸爸。”大概觉得味道还不错，丙崽笑了。

仲裁缝拍拍丙崽的肩，也舒心地笑了，带着他走向其他人家。他们沿着一条石阶，弯弯曲曲地升高，走过路旁石块垒成的矮墙，走过路旁厚重的木柱和木梁。矮墙缝中伸出好些杂草和野花，招引着蜻蜓蝴蝶。有些家户还没有盖房，只有路边的屋基，立了些光溜溜的木柱和横梁。大梁上飘动着辟邪的红纸。

几条狗还是跟着他们。

裁缝提着木桶，知道药汤应该送往哪些人家。那些人家似乎也早知约定。见到裁缝与丙崽来到门前，老人们都摆上空碗，在大门边静静等待。

“时辰到了？”

“到了。”

“多舀点吧。”

“小半碗就够。”

“我怕不牢靠。”

“你放心，放心。”

元贵老倌扶着拐杖上来请求：“仲满，吾还想去铡把牛草。”

裁缝说：“你去，不碍事的。”

老人颤颤抖抖地走了，铡完草，搓搓手，又颤颤抖抖地回来。接过大陶碗，喉头滚动了两下，就喝光了药汤。胡须上还挂着几点水珠。

“仲满，你坐。”

“不坐了。今天天气好燥热。”

“嗯啦，好燥热。”

另一位老人抱着一个瞎眼小奶崽，给仲裁缝看了看，眼里旋着一圈泪。“仲满，你视视，兴许要给渠换件褂子？你连的那件，渠还没上过身。”

裁缝眨了一下眼皮，表示赞同。

老人转身回屋，不一会儿，让瞎眼奶崽穿着新崭崭的褂子，还戴着发亮的长命锁。老人枯瘦的手在新布上摸着，划出嚓嚓的响声。“这下就好了，这下就好了。让我孙儿到了阴间，好歹有个体面呵。”

“还是蛮合身的。”裁缝说。

“娃崽就是费衣。”

老人先给瞎眼奶崽灌了药汤，自己接着一饮而尽。

木桶已经很轻了，仲裁缝想了想，记起最后一位——玉堂爹爹，实际上是玉堂婆婆。这位老妇人总是坐在门前晒太阳，日长月久，如一座门神，已经老得莫辨男女。她指甲长长的，用无齿的牙龈艰难地勾留口水，皮肤如一件宽大的衣衫，落在骨架上。她架起的一条瘦腿，居然可以和另一条腿同时着地。任何人上前问话，她都听不见，只是漠然地望你一眼，向你展示白蒙蒙的眸子。

裁缝走到她正前面，她才感觉到身边有了人，混浊的眼里闪耀一丝微弱的光。她明白什么，牙龈勾一勾口水，指指裁缝，又指指自己。

裁缝知道她的意思，先向她跪下，磕了三个头，然后掰开对方的嘴巴，朝无牙的黑洞里灌下药汤。

老门神呛了两下，嘴角边挂着残汤。

在仲裁缝点燃的一挂鞭炮声中，在此起彼伏的狗吠声中，裁缝也喝下了药汤，然后抱着丙崽端坐在家门口。像其他老弱病残一样，他也面对东方。因为祖先是从那边来的，他们此刻要回到那边去了。在那里，一片云海，波涛凝结不动，被太阳光照射的一边晶莹闪亮，镶嵌着阴暗的另一边。几座山头从云海中探出头来，好像太寂寞，互相打打招呼。一只金黄色的大蝴蝶从云海中飘来，像一闪一闪的火花，飘过永远也飞不完的群山，最后飘落到鸡头寨，飘落在一头老黑牛的背上——似乎是世界上最大的一只蝴蝶。

两天之后，鸡尾寨的男人们上来了，还夹着一些女人和儿童。听说这边的人要“过山”，迁往其他地方，他们想来捡点什么有用的东西。官府的什么人也来过了。在官家人主持之下，鸡尾寨作为胜利的一方操办“洗心酒”，带来两只烤羊和两坛谷酒，让胜败两方都喝得脸红红的，互相交清人头，一起折刀为誓，表示永不报冤。

一座座木屋已经烧毁，冒出淡淡的青烟，只留下遍地焦土和一些破瓦坛，还暴露出各家各户无锅的灶台，一个个黑色的洞口。屋基狭窄得难以让人相信——人们原来就活在这样小的圈子里？酸甜苦辣的日子就交给了这样的洞穴？鸡头寨的青壮男女仍然头缠着白布条，目光黯淡，形容憔悴。他们准备上路了。一些外嫁的姑娘在这个时候也抛夫别子，回到娘家，决意跟随兄弟姊妹，今后要死要活都捆在一起。他们把犁耙、斧镰、锅盆、衣被、箱篓，都拴在牛背或马背上，错错落落形成一列长队。一个锈马灯壳子，咣咣地晃在牛屁股上。最后剩下来的十几只羊和几条狗，一声不吭地跟着主人，似乎也知道生活将重新开始。

作为临别仪式，他们在后山脚下的一排新坟前磕头三拜，各自抓一把故土，用一块布包上，揣入自己的襟怀。

在泪水一涌而出之际，他们齐声大喊“嘿

哟喂”——开始唱“简”：

……他们的祖先是姜凉。姜凉没有府方生得早。府方没有火牛生得早。火牛没有优耐生得早。优耐没有刑天生得早。他们原来住在东海边，后来子孙渐渐多了，家族渐渐大了，到处住满了人，没有晒席大一块空地。怎么办呢？五家嫂共一个舂房，六家姑共一担水桶。这怎么活得下去呢？没有晒席大一块空地呵，于是大家带上犁耙，在凤凰的引导下，坐上了枫木船和楠木船。

奶奶离东方兮队伍长，
公公离东方兮队伍长。
走走又走走兮高山头，
回头看家乡兮白云后。
行行又行行兮天坳口，
奶奶和公公兮真难受。
抬头望西方兮万重山，
越走路越远兮哪是头？
……

男女都认真地唱着，或者说是卖力地喊着。尤其是外嫁归来的女人们，更是喊得泪流满面。声音不太整齐，很干，很直，很尖利，没有颤音和滑音，一句句粗重无比，喊得歌唱者们闭上眼，引颈塌腰，气绝了才留一个向下的小小转音，落下尾声，再连接下一句。他们喊出了满山回音，喊得巨石绝壁和茂密竹木都发出嗡嗡嗡声响，连鸡尾寨的人也在声浪中不无惊愕，只能一动不动。

一行白鹭被这种呐喊惊吓，飞出了树林，朝天边掠去。

抬头望西方兮万重山，
越走路越远兮哪是头？

还加花音，还加“嘿哟嘿”。仍然是一首描写金水河、银水河以及稻米江的歌，毫无对战争和灾害的记叙，一丝血腥气也没有。

一丝也没有。

远行人影微缩成黑点，折入青青的山谷，向更深远的深山里去了。但牛铃声和马铃声，还有关于稻米江的幸福歌唱，还从无边的绿色中淡淡透出，轻轻地飘来，在冷冽的溪流上跳荡。溪水边有很多石头，其中有几块特别平整和光滑，简直晶莹如镜，显然是女人们长期捣衣的结果。这几面深色大镜摄入山间万象却永远不再吐露。也许，当草木把这一片废墟覆盖之后，野猪会常来这里号叫，野鸡会常来这里结窝。路经这里的猎手或客商，会发现这个山谷与其他山谷没什么不同，只是溪边那几块深色石块有点奇异，似有些来历，藏着什么秘密。

丙崽不知从什么地方冒出来了——他居然没有死，而且头上的脓疮也褪了红，净了脓，结了壳，葫芦脑袋在脖子上摇得特别灵活。他赤条条地坐在一条墙基上，用树枝搅着半个瓦坛子里的水，搅起了一道道旋转的太阳光流。他听着远方的歌声，方位不准地拍了一下巴掌，用很轻很轻的声音，咕哝着他从来不知道是什么模样的那个人：

“爸爸。”

他虽然瘦小和苍老，但脐眼足有铜钱大，令旁边几个小娃崽十分惊奇和崇拜。他们争相观看那个伟大的脐眼，友好地送给他几块石头，学着他的样，拍拍巴掌，纷纷喊起来：

“爸爸爸爸爸——”

一位妇女走过来，对另一位妇女说：“这个装得潲水么？”于是，把丙崽面前那半坛子旋转的光流拿走了。

1985年1月

---

*最初发表于1985年《人民文学》杂志，后收入小说集《诱惑》，已译成英文、德文、法文、意文、西文、荷文、日文、韩文、越文等。

归去来

很多人说过，他们有时第一次到了某个地方，却觉得那地方很眼熟，奇怪之余不知道是何原因。

现在，我也得到这种体会。我走着，看到土路一段段被洪水冲过，冲毁得很厉害，留下路面一道道深沟和一窝窝卵石，像剜去了皮肉，暴露出人体的筋骨和脏器。沟里有几根腐竹，一截烂牛绳，是村寨将要出现的预告。路边小水潭里冒出几团一动不动的黑影，不在意就以为是石头，细看才发现它们是小牛的头，鬼头鬼脑地盯着我。它们都有皱纹，有胡须，有眼光的疲惫，似乎生下来就苍老了，有苍老的遗传。前面的芭蕉林后冒出一座四四方方的炮楼，墙黑得像经过了烟熏火燎。我听说过这地方以前多土匪，还有“十年不剿地无民”一类说法，怪不得村村有炮楼。民居房屋也决不分散，互相紧紧地挤靠和纠缠。石墙都厚实，上面的窗户开得又高又小，大概是防止盗匪翻爬，或者是防止瘴雾过多涌入。

这一切居然越看越眼熟。见鬼，我到底来过这里没有呢？让我来测试一下吧：踏上前面那石板路，绕过芭蕉林，在油榨房边往左一折，也许可以看见炮楼后面一棵老树、银杏或者是樟树，已经被雷电劈死。

片刻之后，预测竟然被证实！连那空空的树心，还有树洞前两个烧草玩耍的小娃崽，似乎都依照我的想象各就各位。

我又怯怯地预测：老树后面可能有栋牛房，檐下有几堆牛粪，有一张锈了的犁或者耙。没想到我一旦走过去，它们果然清清晰晰地向我迎来！甚至那个歪歪的石臼，那臼底的泥沙和落叶，也似曾相识。

当然，我想象中的石臼里没有积水。但再细想一下，刚下过雨，屋檐水就不该流到那里去吗？于是凉气又从我的脚跟上升，直冲我的后脑。

我一定没有来过这里，绝不可能。我没得过脑膜炎，没患过精神病，脑子还管用。那么眼前的一切也许是在电影里看过？听朋友们说过？或是曾在梦中相遇……我慌慌地回忆着。

更奇怪的是，山民们似乎都认识我。刚才我扎起裤脚探着石头过溪水时，一个汉子挑着两根扎成A字形的杉木从山上下来，见我脚下溜溜滑滑，就从路边瓜地里拔出一根树枝，远远地丢给我，莫名其妙地露出一口黄牙，笑了笑。

“来了？”

“嗯，来了……”

“怕有上十年了吧？”

“十年……”

“到屋里去坐吧，三贵在门前犁秧田。”

他的屋在哪里？三贵又是谁？我糊涂了。

随着我扶杖走上一个坡，一些黑黑的檐瓦在前面升起来。几个人影在地坪中翻打豆荚，连枷摇得叭叭响，几下重，又一下轻，几下重，又一下轻，形成了统一的节拍。他们都赤脚，上衣短短地吊着，露出脐眼和软和的肚皮，裤边松松地搭在胯骨上，看上去随时可能垮落下来。这些人脸上都有棕色的汗釉，釉块的边缘残缺不齐，在日光下一晃，颧骨处就有一小块反光。直到发现他们中的一个走向摇篮开始解怀喂奶，直到发现她们都挂了耳环，我这才知道他们应该是她们——女人。有一位对我睁大了眼。

“这不是马……”

“马眼镜。”另一个提醒她。觉得这个名字好笑，她们都笑了。

“我不姓马，姓黄……”

“改姓了？”

“没改。”

“就是，还是爱逗个耍呵？从哪里来的？”

“当然是县城。”

“真是稀客。梁妹呢？”

“哪个梁妹？”

“你娘子不是姓梁？”

“我那位姓杨。”

“未必是吾记糟了？不会不会，那时候她还说是吾本家哩。吾婆家是三江口的，梁家畲，你晓得的。”

我晓得什么？再说，那个马什么又与我有什么关系？姓马的怎么又扯出一个姓梁的？……事情有点复杂。我似乎是想去访友，想做点生意，却鬼使神差地来到这里。我不知自己是怎么来的。

这位大嫂丢下连枷，把我引进她家里。门槛极高，极粗重，不知被多少由少到老的人踩踏过，不知被多少代人闲坐过，已经磨得腰中部分微微凹陷，木纹像一圈圈月光在门槛上扩散开来，凝成了一截月光的化石。小娃崽过门槛要靠攀爬，大人须高高地勾起腿，才能艰难地倾着身子拐进去。门内很黑，一切都看不清楚。只有高高的小窗漏下一束光线，划开了潮湿的黑暗。我的瞳孔好半天才适应过来，可以看见满壁烟灰，还有弯梁和吊篓。我坐在一截木墩上——这里奇怪地没有椅子，只有木墩和板凳。

妇人们都叽叽喳喳地挤在门口。喂奶的那位毫不害羞，把另一只长长的奶子掏出来，换到孩子嘴里，冲我笑了笑，而换出的那一只还滴着乳汁。她们都说了些奇怪的话："小琴……""不是小琴。""是吧？""是小玲。""哦哦。小玲还在教书吧？""何事不也来耍耍？""你们都回了长沙吧？""是长沙城里还是长沙乡里？""有娃崽没有？""一个还是两个？""小罗有娃崽没有？""一个还是两个？""陈志华有娃崽没有？""一个还是两个？""熊头呢？找了娘子没有？”“也有娃崽了吧？”“一个还是两个？”……

我很快察觉到，她们都把我错当成一位既认识什么小玲也认识什么熊头的“马眼镜”，一位曾经居住在这里的青年。也许那家伙同我长得很像，也躲在眼镜片后面看人。

他是什么人？我需要去设想和伪装他吗？从女人们的笑脸来看，今天的吃和住是不成问题了，谢天谢地。当一个什么姓马的也不坏。回答关于一个还是两个的问题，让女人们惊讶或惋惜一阵，不费多少气力。

梁家畲来的大嫂端来一个茶盘，四大碗油茶。我后来才知道，这是取四季平安的意思。碗边黑黑的，令我不敢把嘴沾上去，不过茶倒香，有油炒芝麻、红豆以及糯米的气味。她满意地看着我喝下第一口，把地下两件娃崽的衣捡起来，丢进木盆，端到里屋去，于是一句话被切分成两半：“老久没有听到你的音信，听水根夫子说……”（半晌才从里屋出来）“你一回去，就坐了大牢。”

我吃了一惊，差点让油茶烫了手。“什么大牢？”

“就是判徒刑呵。”

“胡说，我从来没犯过事！”

“背时的水根打鬼讲！讲得跟真的一样，害得吾家公公还吓心吓胆，还为你烧了好多香。”她捂嘴笑起来。

妇女们都笑起来。有一位还绽开黄牙补充：“她公公还到杨公岭求了菩萨呢。”

真是晦气，扯上了香火与菩萨。也许那个姓马的真的撞了什么煞，确有牢狱之灾，而我代替他在这里喝油茶。

大嫂又敬上了第二碗。“他老是挂牵你，说你仁义，有天良。你给他的那件袄子，他穿了好几个冬天。他故了，我就把它改了条棉裤，满崽又穿……”

我想谈谈天气。

屋里突然暗了下来，回头一看，是一个黑

影几乎遮挡了整个门。看得出这是个男人，赤裸的上身线条很硬，隆起的肌肉有棱有角。他手里提着什么东西，从那剪影来看，是个牛头或是树蔸。黑影向我笼罩过来了，没容我看清面孔，他扑通一下丢掉了手里的东西，两只大巴掌捉住了我的手开始猛锉起来。“是马同志呵，哎哟哟，呵呀呀……”

我又不是一条毛虫，他惊恐什么？以至发出这样的尖声？

当他转到火塘边，侧面被镀上了一层光亮，我这才看清是一张笑脸，有黑洞洞的大嘴巴，有满嘴的胡桩。

“马同志，何时来的？”

我想说我根本不姓马，姓黄，叫黄治先，也不是来寻访故地的，只是进山来随便问问山货。

“还识得吾吧？你走的那年，还在螺丝岭修公路，吾叫艾八呵。”

“识”大概是认识的意思。

“艾八？识的识的。你那时候当队长？”

“不是队长，吾当记工员。你嫂子，还识不识呵？”

“识的识的，她最会打油茶。”

“吾同你去赶过肉的，记不记得？那次吾要安山神，你说是迷信，不让我敬香和念诀。结果还不是？野猪毛都没打到一根。你还碰上牧麻草，染了一身毒疮。你碰了只小麂子，也没叉着……”

我听出来了，“赶肉”是打猎的意思。

黑洞洞的大嘴巴笑起来。女人们也笑了笑，然后纷纷起身，摇晃着宽大的屁股，出门继续去打场。自称艾八的男人搬出一个葫芦，向我大碗大碗敬酒。酒很混浊，有甜味，也有辣味和苦味，据说浸过什么草药和虎骨。他不抽我的纸烟，用报纸卷了一支喇叭筒，吸一口，吸出了烟头的明火，但看也不看一眼，待我着急了好一阵，才从从容容一口气把明火荡灭，烟卷还是好好的。

“如今日子好过了，酒肉不稀奇。过年，家

家都杀了猪，柴熏肉要吃半年。”他抹着嘴巴，“只有那几年大干快上，累得翻筋斗，谁都没得禄。你晓得的。”

“是没得禄。”

“你视德龙哥了吗？他当了乡长，昨日到捉妹桥栽树去了，兴许回来，兴许不回来，兴许又会回的。”他谈起一些令我糊涂的人和事：某某做了新屋，丈六高；某某也做了新屋，丈八高；某某也要做屋了，丈六高；某某正在打地基，兴许是丈六也兴许是丈八。我紧张地听着，捕捉这些话后面的各种脉络，猜测某些陌生词语的含义。“视”大概就是指看，“得禄”大概是指得利。还有一个个“集”，是起立的意思，还是站立的意思？

我有点醺醺然头重脚轻了，对丈六或丈八胡乱地表示着高兴。

“你这个人念旧，还进山来视一视。”他又把烟纸吸出了浅浅的明火，让我暗暗急了几秒钟。“你当民师那阵发的书，吾还存着哩。”他咚咚地上楼，好半天才头顶几丝蜘蛛网下来，拍着几页黄黄的纸。这是一本油印的小书，大概是识字课本，已经撕去封面了，散发出霉气和桐油气。上面好像有什么夜校歌谣、农用杂字、辛亥革命，还有马克思以及地图，印得很粗糙，一个个字也大得出奇，杂有油墨团子。

“你那时也造孽，饿得脸上只剩一双眼睛，还来讲书。”

“没什么，没什么。”

“腊月大雪天，好冷呵。”

“是好冷，鼻子都差点冻落了。”

“有时候晚上还要开田，打起松明子出工。”

“嗯啦，松明子。”

他突然神秘起来，颧骨上那一小块光亮，还有几颗酒刺，一齐朝我逼近。“吾想打听件事，阳矮子是不是你杀的？”

阳矮子？我头盖骨乍地一紧，口腔也僵硬，连连摇头。我压根儿不姓马，也没见过什么阳矮子，怎么刑事案都往我身上扯？

“真的不是你？”

“我连鸡都没有杀过。”

“这就怪了。”见我否认，他似乎有点怀疑，又不无遗憾。“都说是你杀的。那家伙是条两头蛇，该杀！”

“还有酒没有？”我岔开话题。

“有的有的，尽你的量。”

“这里有蚊子。”

“蚊子欺生，要不要烧把草？”

草烧起来了。又有一批批的人来看我，拐进门来，照例问起身体可好和府上可安一类。男人们接过我的纸烟，嗖嗖嗖地抽得很响，靠门或靠墙坐下来，眯眯笑，不多言语。他们相互之间偶尔说上一两句，无非是说我胖了，或者说我瘦了；说我老多了，或者说我还很“少颜”，当然是城里油水厚的缘故。待纸烟烧完，他们又笑一笑，说是去倒树或下粪，懒散地出门而去。有几个娃崽跑过来，把我的眼镜片考察了片刻，紧张得兴高采烈，恐惧得有滋有味：“里面有鬼崽，有鬼崽！”他们一边宣告一边四下奔逃。还有一位女子，咬着一根草站在门边，反复打量着我却不说话，不知是什么意思，弄得我很不自在。

这类事我已经碰得多了。刚才我去看他们种的鸦片，路上碰到一位中年妇人。她一见我就显得恐惧，脸色像一盏灯突然黯淡，赶紧拔了拔鞋后跟，低头择路而去，也不知道是什么缘故。难道姓马的曾经与她有过什么麻烦？

艾八说我还应该去看看三阿公——其实三阿公已经不在，不久前死于蛇咬，只是在人们的谈论中还留下了一个名字。在砖窑那边，他的孤零零小屋已有一半倾斜，眼看就要倒塌。两棵大桐树下，青草蓬蓬勃勃地生长，已从四面八方包围过来，阴险地漫上了台阶，摇着尖舌般的草叶，眼看就要吞灭小屋，吞灭一个家族的最后几根残骨。挂了锁的木门，已被虫蛀出了密密小洞，在门边留下一堆堆蛀粉。我不知道主人在的时候，房屋是否会破败得这么厉害。难道人是房屋的灵魂，一旦灵魂飞去，躯壳就会腐朽得如此迅速？齐腰深的草丛里倒栽着一盏锈马灯，上面有几点白色的鸟粪。还有一个破了的瓦坛子，你不经意地一碰，坛口就嗡的一下涌出很多蚊子。艾八叹了口气，说这口瓦坛腌泡的酸菜最好，当年我就经常来这里吃酸黄瓜和酸豆角。（是吗？）艾八扯掉门前几把草，又打望檐下的蛛网与鸟窝，说墙头灰壳剥落之处，那几个还未完全褪色的油漆字，“放眼世界”云云，还是我当年写的。（是吗？）

我朝窗里瞥了一眼，看见屋里有半筐石灰，几捆干柴，还有一个铁圆盘，细看一阵，才发现是铁杠铃，已经锈得不成样子——我感到惊异，这种罕见的体育用品，怎么会出现在山里？是怎么运来的？大概不用问，也是我从城里运来，直到临走时才送给三阿公的。（是吗？）我希望三阿公用它去打几把锄头或耙头，而他终究还是没有打。（是吗？）

有人在坡上唤牛：“呜吗——呜吗——”于是满山都是回声，林子里有隐隐的牛铃声响。我发现这里唤牛的方式比较特别，像一声声喊妈，喊得有些凄凉。

一位老阿婆背着小小柴捆，从山上走下来，腰弯得几乎成了直角，每走一步下巴就朝前一锄，像一步步锄着归途。她抬头仰望了我一眼，黑瞳孔顶着上眼皮，但目光似乎穿透了我的脑袋，投向我身后的桐树，还有桐树上的鸟巢。她没有任何表情，只有满脸皱纹深刻得使我一震。“树也死了。”她看看高高的桐树，又看看三阿公的老屋，没头没脑地嘟哝：“人也死了呵。”然后慢慢地锄着步子离开，额上几根枯枯的银丝，被一阵阵寒风压下去，压下去，再压下去。

我现在相信，我确实没有来过这里。我更无法理解老阿婆的这句话——一片无法看透的深潭。

晚饭做得很隆重。牛肉和猪肉都大模大样，神气十足，手掌大一块，熬得不怎么熟，有一股生油味，一层层堆出了碗口，靠草箍码成了砖窑模样——几千年来山民们就有这种待客的豪爽和奢侈吧。同很多地方的规矩一样，男客才能上桌。不过有种做法比较新鲜：如果有哪位没来，主人就在空着的座位前摆放一张草纸，大家吃一块，往纸上夹一块，算是那位也吃了。席间我继续充当马眼镜，应邀唱了几首歌，谈了些城里的故事，生意之事当然也在偷偷进行。我谈到了香米，他们根本不肯出价钱，简直是要白送。至于鸦片，今年鸦片好是好，但国家药材站统一收购，我果然没法插手。

“阳矮子该杀。”

艾八嗬嗬地喝下一口热汤，把汤勺放回桌面黏糊糊的老地方，又在碗边猛敲筷子，“翘屁股，圆手板，什么功夫都做不像，还起了两栋屋，不就是靠脔心阴毒？”

“就是，哪个没挨过他一绳子？吾腕子上现在还两道疤。操他老娘顿顿的！”

“他到底是何事死的？真的碰了血污鬼，跌到崖下去了？”

“人再狠，拗不过八字。命里只有一升，偏要吃一斗。夏家湾的洪生也是这个样。”

“连老鼠肉都敢吃，几多毒辣！”

“是蛮毒辣，没听见过的。”

“熊头也造孽，挨了他两巴掌。明明是几管颜料，吾视过的，染不得布，油不得桶，只在纸上画得菩萨。他硬说是国民党的炮子。”

“炮子”就是子弹的意思。

“也怪熊头的成分大了一点。”

我鼓足勇气插了一句：“阳矮子的事，上面没派人来查过么？”

艾八把一块肥肉咬得吱吱响：“查过的，查卵呵！那天来找我，我背都不给他们看。哎，马同志，你的酒没动呵？来，取菜取菜，取。”

他又压给我一大块肉，令我喉头紧缩，只好再次做出装饭的模样，溜入暗处时把肉拨给胯下一挤而过的狗。

饭后，他们说什么也要我洗澡，我怀疑这是不是当地的风俗，得装得很懂，很配合。没有澡堂，只有大木桶一个，足可以装几锅热水，戳在灶屋当中，如同让我在广场上脱衣起舞。女人们在桶前来来去去，梁家畲来的大嫂还不时用瓜瓢来加水，使我不好意思，往桶内一次次蹲躲。直到她提桶去喂猪，我才偷偷出了口长气。我已经洗得一身发热，汗气腾腾了。大概水是用青蒿熬出来的，全身蚊虫咬出来的红斑，一过水就不再痒。头上那盏野猪油的灯壳子，在蒸气中发出一团团淡蓝色光雾，给我的全身也抹上一层幽冷。

洗着洗着，我望着这个淡蓝色的我，突然有一种异样的感觉，好像这具身体很陌生，与我没有关系。他是谁？或者说我是谁？这具赤裸裸的肉身有手脚，可以干点什么；有肠胃，要吃点什么；生殖器呢，当然可以繁殖后代。由于很久以前一个精子和一个卵子的巧合，才有了一位祖先。这位祖先与另一位祖先的再巧合，才有了另一个受精卵子，有了世世代代以后一具淡蓝色的身体。作为无数偶然巧合之后的一个受精卵子，他或者我为什么要来到这个世界？……我蠢头蠢脑地也许想得太多了。

我擦拭着小腿上一道伤疤。这是不久前在足

球场上被钉鞋刺伤的，但似乎也不是，而是……一个什么矮子咬的。那是一个雨雾蒙蒙的清早？是在那条窄窄的山道上？他撑着伞过来，被我的目光盯得全身颤抖，脸上红一块白一块，然后跪下，然后叩头，说他再也不敢，再也不敢了。他说二嫂的死与他毫无关系，三阿公的牛也不是他牵走的，熊头被抓入狱更不是出于他的举报。最后，他在一根绳子下反抗，眼球凸突得像要掉出来，一嘴咬住了我的小腿，双手揪住绳套，接着又猛地伸开去，在空中抓拉一阵，十个指头最后抠进泥沙。

我不敢想下去，甚至不敢看自己的双手——是否有血腥味和牛绳勒伤的痕迹？是否将成为刑警辨认和展示的物证？

我现在努力断定，我从来没有来过这里，更不认识什么阳矮子。眼前这一团团淡蓝色的光雾，我甚至从未梦见过。

堂屋里还很热闹。有一位老人进来，踩灭了松明子，说他以前托我买过染布的颜料，欠了我两块多钱，现在是来还钱的，还请我明天去他家吃饭。这就同艾八争起来了。艾八说他明天接裁缝，已经砍了肉，已经买了豆腐，明天我毫无疑义该去他家……趁他们还在争执，我悄悄溜出门，浅一脚深一脚上了石板路，想去看看我以前住过的老屋——听艾八说，马眼镜以前就住油榨房后的那间瓦房。

又经过了桐树下，又看见了杂草将要吞灭的破屋。萤虫是破屋的眼风，鸦噪是它的咳嗽，沙沙树叶声是它的低语。我甚至还感到了一股似有似无的酒气。

孩子，回来了么？自己抽椅子坐下吧。吾对你说过的，你要远远地走，远远地走，再也不要回来。

可是，我想着你的酸黄瓜和酸豆角。我自己也学着做过，做不出那个味。

那些糟东西有什么好吃呢？那时候是你们饿，造孽，一犁拉到头，连田塍上的生蚕豆也剥着吃，才会觉得什么都好吃。

你总是惦记着我们，我知道的。

谁没个出门的时候呢？那是该的。

那次担树丫，我们只担了九担，你记数，总说我们担了十担。

吾不记得了。

你还总是催着我们剃头，说头发和胡须都是吃血的东西，留长了会伤精气。

吾不记得了。

我该早一点来看你的。我没想到，变化会这么大，你走得这么快。

该走了。再活不快成精了么？

阿公，你抽烟么？

小马，喝茶自己去烧吧。

……

我离开了那股酒气，举着将要熄灭的松明子，想着明天早上要干的农活，不时听到脚边的青蛙跳到水田里，摇摇晃晃地回家。但我现在手中没有松明子，我的家也变成了牛房，显得如此生疏和冷冽。我看不清屋里的情景，只听到牛反刍的声音，还有牛粪热烘烘的酸臭涌出门来。几头牛以为是主人来了，有什么好事，头挤头地往外探，撞得木头门栏咔嗒作响。我每走一步，脚步声就从牛房土墙上折回来，一声套着一声，似乎还有一个人在墙那边走，或是在墙里面走——这个人知道我的秘密。

巨大的月亮冒出来，寨子里的狗好像很吃惊，狺狺地叫唤。我踏着树影筛下的月光，踏着水藻浮萍似的圈圈点点，向村口的溪边走去。此情此景，使我猜测溪边应该坐着一个人，比方说一位姑娘，嘴里含一片木叶什么的。

溪边老树下果然有人影。

“是小马哥？”

“是我。”我居然应答得并不慌张。

“你们喝酒也喝得太多了。”

“你……是谁？”

“我是四妹子，听不出来？”

“四妹子，你长得好高了。要是在外面什么地方碰到，我根本认不出你。”

“你跑的世界大，就觉得什么都变了。”

“家里人都好吗？”

“你还好意思问。”

“怎么啦？”

她突然沉默了，望着溪那边的水榨房，声音有些异样：“你为什么还要回来呢？为什么不忘记这个地方呢？吾姐好恨你……”

我紧张地回望村里的灯光，有点想逃之夭夭。“对不起，我有很多事情不知道，也一直说不清楚……”

“你傻呵？你疯呵？那天你为哪样要往她背篓里放苞谷呢？女儿家的背篓，能随便放东西么？她给了你一根头发，你也不晓得？”

“我……我不懂，不懂这里的规矩。我只是……想要她帮忙，让她背些苞谷。”

大概回答得不错，还可以混过去。

“你教她扎针。”

“她一直想当个医生。其实我那时也不懂，只是翻翻书，乱扎。”

“你还教她读书。”

“我以为她只是要多认几个字。”

“你们城里人，是没情义的。”

“你不要这样说……”

“就是，就是！”

“我知道……你姐姐是个好姑娘。我知道，她对我也很好。她歌唱得好听，针线活做得巧。有一次带我去捉鳝鱼，下手就是一条，次次都不落空。这些我都是知道的。可是，有好些事我确实不知道，永远也说不清楚。我对她没有做过坏事。”

她捂着脸抽泣起来。“那个姓胡的，好狠毒哩。”

我似乎知道这是什么意思，继续试探着回答下去：“我听说了。你放心，我迟早要找他算账。”

“那有什么用？有什么用呵？”她跺着脚，哭得更伤心了，“你要是早说一句话，事情也不会这样。吾姐已变成了一只鸟，天天在这里叫你。你听见没有？”

月光下，我看见她的背脊在起伏，落下来的头发在抖动。我真想伸出一只手去擦泪，更想让所有泪水都流进我的嘴里，咸咸的，苦苦的，被我吞饮。但是我不敢。这是一个奇怪的故事，我不敢舔破它。

树上确实有只鸟在叫唤：“行不得也哥哥，行不得也哥哥——”声音孤零零地射入高空，又忽悠悠飘入群山，坠入树林。我抽了支烟。

行不得也哥哥。

行不得也哥哥。

我走了，行前给四妹子留了张字条，请梁家畬来的大嫂转交。我在信中说她姐姐以前想当医生，终究没当成，但愿妹妹能实现姐姐的愿望。路是人闯出来的，她愿意投考卫生学校么？我将寄给她很多复习资料，寄给她学费，一定。我还说，我永远不会忘记她姐姐，请她相信我。

我几乎像是潜逃，没给村里任何人告别，也没顾上香米样品——其实我要香米或者鸦片干什么？似乎本不是为这个来的。整个村寨莫名其妙地使我窒息，使我惊乱，使我似梦似醒，我必须逃走，一刻也不能耽误。走到山头上，我回头看了看，又见村口那棵死于雷电的老树，伸展的枯枝，像痉挛的手指，要在空中抓住什么。毫无疑问，手的主人在多年前倒下，变成了山脉，但它还在挣扎，永远地举起一只手。

进了县城的旅社，我做了个梦，梦见我还在皱巴巴的山路上走着，看土路被洪水冲洗毁得很厉害，如同剜去了皮肉，留下筋骨和脏器，来承受一代代山民们的草鞋。不知为什么，这条路总是在延伸，似乎总也走不到头。我看看手腕上的日历表，已经走了一小时，一天，两天，三天……可脚下还是黄土路，长得令人绝望。

我惊醒过来，喝了三次水，撒了两次尿，最后向朋友挂了个长途电话。我本想问问他在牌桌上的战绩，一出口却成了打听卫生学校招生的事。

朋友称我为“黄治先”。

“什么？”

“什么什么？”

“你叫我什么？”

“你不是黄治先吗？”

“你是叫我黄治先吗？”

“我不是叫你黄治先吗？”

我愕然，脑子里空空荡荡。是的，我眼下在县城一家小旅社里。过道里有一盏蚊虫扑绕的昏灯，有一排临时加床和疲倦的旅客们。就在我话筒之下，还有个呼呼打鼾的胖大脑袋。可是——这世界上还有个叫黄治先的人？而这个黄治先就是我？

我累了，妈妈！

1985年1月

---

*最初发表于1985年《上海文学》杂志，后收入小说集《诱惑》等，被译成英文、法文、意文、荷文、韩文、希伯来文、塞尔维亚文等，获1985年上海文学奖。

赶马的老三

找个四类分子来

老三出任村头，怎么看怎么不像，起码不那么知识化，比方既不会用电脑也不懂OK的意思。他黑头黑脑，毛头毛脑，一只裤脚长而另一只裤脚短，还经常在路边呆呆地犯晕，比如盯着一只蚂蚁、一根瓜藤、一个机修师傅拆散的拖拉机零件，一盯就是大半天，直到旁人一再大叫，他才“哦”一声，像从梦中醒过来。

“老三，你的手机响了。”

“天要下雨么？”

他又经常这样答非所问。

虽说也外出打过工，但他没学回太多文明，只学回了几句牛屎样的普通话。有一次在城里进小饭店，他开口就找女店主要“妇女”，见对方先是愕然，接着啐一声“下流”，便满脸的困惑不解：“我吃饭的时候就是喜欢妇女啊。我又不是不给钱。你这个人真是！”

其实他要的不是妇女而是“腐乳”，即村里人说的毛乳或霉豆腐，只因口齿不清，才让女店主万分紧张，差一点跳起来操刀抗暴。

当上村头以后，老三的一张大嘴还是常出乱子。特别是在乡上开会，任乡长说要建设“小康社会”，他没听头也没听尾就插上一嘴：“小糠社会有什么好？我看还是不如大米社会，更不如猪肉社会。社会主义搞了这么多年，怎么还要吃糠呢？”任乡长提到“唯心主义”，他不知道什么意思，居然兴冲冲发表感言：“对对对，任乡长说的就是好。做人就是要凭良心，一个脔心要在胸口里端端正正地放好，严严实实地守住，不能被狗吃了。我这个人几十年来没有别的本事，就是喜欢唯心主义。”

乡长受不了这种胡言乱语，更讨厌老三造谣——当时是小组讨论，老三愤愤声讨县林业局一个刚刚案发的贪官：“王眼镜要吃就多吃点，要喝就多喝点，拿那么多钱干什么？邓小平说的么，男人有钱就变坏，女子变坏就有钱……”

乡长敲敲桌子：“何大万，何老三，小平同志什么时候讲过这话？哪本书上有？哪张报纸上有？”

老三注意到乡长的脸色，手对门外指了指，把责任推给门外一片青山。

“你亲耳听见了？”

“我们村的国少爷，给我发短信……”

“国少爷？就是那个偷牌照的？什么人放屁你都信？”

“你的意思，是邓小平他没有……”

“你呀你……”

乡长觉得村干部的文化素质太成问题，只好再一次耐心宣讲，让大家知道“一忠二孝”这类口白都得改改了，更重要的是：“小康”不是“小糠”，“唯心”其实是黑心和闹心，邓小平更不会说什么男人和女人——他老人家连国内外大事都管不过来，还会来编这种无聊的三句半？会后，他还把满头大汗的老三留下来，找了几本理论学习资料，比较通俗易懂的那种，让他带回家去好好读一读。又忍不住把改革形势和干部职责说了一通，把信息与流言的区别说了一通，恨不能把对方那个猪头割下来，狠狠灌上一些科学与文化，再装回他肩膀上去。“你读不读诗？”他不知道想起了什么，还随口问一句。

老三听后抹了一下嘴巴，啧啧感叹：“看不出，你年纪比我轻了一轮，原来还是个四类分子。”

“你说什么？”

“我是说你好学问，装一肚子文章，了不得，了不得。”

“学问就学问，怎么扯上四类分子？”

“徐矮子就是四类分子啊，最会写对联，办书函，看风水，讲古书，没有什么字不认识的。”老三再一次兴冲冲。

乡长事后才知道，对方是指村里一个老地主，以前的阶级敌人，划入“四类分子”的那种，但那人中过秀才教过私塾，开口之夫也者，让你不得不服。

“你怎么不夸我是陈水扁呢？怎么不夸我是恐怖主义呢？”乡长没好气地大吼一声，摔门走了。

老三挠挠脑袋，明白自己再一次祸从口出。他不大明白的是，“四类分子”大多是以前的有钱人，读过书的人，难道读书有什么不好？这不是眼下最时兴的事吗？徐矮子早已不吃田租了，已死去多年了，他那顶帽子莫非还是不怎么干净？……要是在村里，他一看到报纸上难懂的语句，看到牌匾或碑刻上的繁体字，头昏眼花之际，总是习惯性地大喊一声："找个四类分子来！"

意思是找个有文化的老先生来。

看来新时代的很多东西，确实需要他认真学习了。光知道蛇如何偷蛋，鸟如何偷蜜，木匠如何凿榫，铁匠如何打链，是远远不够了。光是看看电视农业频道里的新技术也远远不够了。生活真是山外有山和天外有天啊。

这以后，他在村里是条龙，到乡上是一条虫，严防自己的嘴，在没有把握的情况下尽量不说话，以一种万能的笑脸广结善缘，算是礼多人不怪。如果有可能，他能不见官就不见官，一听到乡上通知开会就装耳聋，或是冲着手机连声喂喂喂，似乎手机没电了，或者信号不好。一见乡干部上门来，他就从后门溜出去，紧急上山砍柴或下河放钓，躲避各种危险情况。实在躲不过，被人家堵在路上了，他就往太阳穴贴两块黑膏药，再在鼻梁上拔出一道红红的痧痕，到时候响亮地咳上两声，咳出吐清水的样子，然后笼起袖子坐在墙角，双目无神，唉声叹气，气若游丝，要多可怜就有多可怜。

任乡长觉得他的病态十分可疑，“老三，你怎么开会就病？要不要我给你挂急诊、请医生？恐怕是思想病吧？”

“鼻炎……”老三笑一笑。

“争扶贫款的时候，你的鼻炎到哪里去了？找我要茶园的时候，你的鼻炎到哪里去了？那时候你惊天动地，张牙舞爪打得鬼死，大嘴巴吞得下一头牛。现在要你们做点贡献，你不是鼻炎就是牙痛，不是血压高就是牛皮癣，连电话都不接。”

“对不起，手机坏了……”老三又笑一笑。

“想搞独立吧？台湾的民进党挂绿旗啊？”

“我哪敢挂绿旗呢？嘿嘿，乡长你有的是导弹，今天丢三个，明天甩五个，不早把我炸一个粉身碎骨？”

“你晓得就好。”

财政所长在一旁接过话头："你说说吧，这一次，你们村能集资多少？"他是指乡政府开发旅游的集资任务摊派。

老三望望自己身后。

"你不要望后面，就是说你呢。"

老三又看看左右两边。

"你不要看旁边，就是说你们村，你们小湾村。"

老三指指自己的鼻子。

"对，说你们村。听明白了吧？要开发旅游就得修路，要修路就得集资。这个道理同你们说过一百遍了。这是为了大家好。其实我们并不想收这个钱，但应该收。"

"你们不想收？"

"你说什么？"

"你刚才说，你们不想收钱，是应该收钱？"

"对啊，应该收钱。"

"这就怪了。昨天说你们要收钱，今天又推

给了什么应该。应该在哪里？怎么我没有看见他？”

台下发出一片吃吃的笑声。

财政所长差一点气歪了嘴。“你长着什么耳朵？你不明白‘应该’的意思？‘应该’不是一个人。‘应该收钱’这句话的意思就是……”他也不知道该如何才能解说清楚。

老三仍然满脸的无辜和认真：“既然不是人，那他来收什么钱？收肚子、收肠子、收骨头啊？大家的几个血汗钱，凭什么要给这个家伙？”

台下的笑声更为浩大了。乡长敲敲桌子，“何大万同志，这是开干部会。你有意见就提，不要装疯卖傻。你未必连‘应该’这个词的意思都不明白？”

老三继续谦虚：“乡长，你是大学生。但我是个农夫子啊，读的几句书都还给老师了。不过的但是……”他一激动就情不自禁地多用虚词和滥用虚词，大概是想加强自己的文化。“我还是一心多学习，争取提高觉悟。我刚才不正在请教所长吗？我问谁收钱。他说是‘应该’。这话你们都听到了吧？所以的因此，我非常想同这位应同志会个面，谈一谈，交个朋友。这有什么错呢？既然的而且，如果的可能，乡领导都说不想收钱，那么凭什么这家伙比乡领导还大？常言说得好：有理走遍天下，无理寸步难行。他姓应的有什么话不能当面说？这位所长又说，‘应该’不是一个人。那就更怪了。他不是个人，未必是只狗？是堵墙？是个变形金刚？是个激光化学原子弹？……”

会场上已经笑得东倒西歪，笑出了仿鸡、仿鸭、仿蛤蟆的音响，笑出了电击、蛇咬、冠心病发作之下的动作。但老三还是文绉绉地申诉下去，时而京腔时而土语，时而虚词时而科技，只是口齿呼噜呼噜的一锅粥，不大容易听清楚。

这已经是第三次集资动员无果而终。前两次是另外几个村官叫苦，这一次是黑老三搅局，而且搅得很恶劣，让财政所长大为冒火。“你还说老三没文化，我看他一肚子坏水，是个最大的刺头，非拔了不可！”他事后对任乡长抱怨。

乡长也觉得老三说傻就傻，说刁就刁，不是一只善鸟，也早有换马之意。他亲自下村了解情况，但访过来问过去，发现可以取而代之的人选并不很多。原因是年轻人大多进城打工，高学历者当的当砖厂老板，跑的跑钢材生意，赚了个盆满钵满，连老婆孩子都接进了城，哪还愿意回到村里领这个一百八——穷困村的干部补贴就这么一耳勺。有个叫国华的复员军人倒是主动请缨，而且能写会算，见多识广，玩得了电脑上网，说得出CPI和PPI。不过此人刚偷过乡政府一台小面包车的牌照，转眼就笑嘻嘻地伸手要官，真不知道世上还有羞耻二字！

这样，乡长只好把换马之事暂时压了下来。

几代鸡由几代人赔

伸手要官的国华，外号“国少爷”，个头很高大，眉眼还漂亮，自认为一直壮志未酬，对农事怎么也看不入眼。他遇到热天就说太阳烤死人，不能做事；遇到寒天就说冷风吹坏人，也不能做事。早晨露水太重，当然做不得事；傍晚蚊子太多，肯定更做不得事。反正算下来有八个不能做、九个不可做、十个做不得，家里的扁担和锄头几乎与他无缘，用他爹的话来说：“这个小杂种懒得屙蛆。”

老爹怕他真的屙蛆，曾把他送去部队锻炼，没想到他有一次诈称奶奶死了，骗了连长三千块钱，去广州找朋友玩了几天，挨了部队一个处分。复员后在省城混了些时日，有一次又诈称自己遇上车祸，骗了妹妹两千块钱，其实是打了麻将和洗了桑拿。到最后，他打电话回家，说总算遇到贵人搭救：他朋友是银行的科长，招他押送运钞车，还配了一支枪——他为此得送科长太太一条金项链，不还这个礼是不行的。老爹不知这有关银行的大事该怎么办，请同村的黑老三接电话。

老三在电话里问：“真给你配了枪？”

“那还有假？”

“长枪还是短枪？”

“短枪。我当队长的，哪用什么长枪？”

“木枪还是竹枪？”

对方这就不说话了，后来也再不说金项链了。

国少爷回到村里，对老三这个堂叔很不满意，烟都不给对方敬一支：“你就是把我看瘪了。这不，害得我保安队长也当不成。”

老三笑了笑：“我倒是想把你看圆，但你得先把你娘的耳环还了，再把她的锅盖补上一个。”

“哼，等我以后当了百万富翁，你莫找我借钱。

“到那一天，我就头戴尿桶去看戏。”

少爷哼了一声，扭头走了。这以后，他除了热心打野猪和抓鱼，还是不大务正业，三天两头就偷鸡，偷羊，偷瓜菜，偷汽车牌照——要不是老三去乡上求情作保，这一次案发差点让他蹲完派出所还要蹲县局。但国少爷属猪，命好，福气大，两个心软的妹妹在外面打工，总是给哥哥的卡上划一点钱，于是少爷不但有钱打麻将，还有钱玩电脑和养小狗——他牵着一条奇怪的白色长毛犬在村里游走时，经常夸耀："我这条狗只吃白糖拌鸡蛋，其他都不吃。"见旁人不怎么关切，又说："它根本不吃饭，它连肉都不吃，嗅都懒得嗅一下。"直到说得大家都奇怪了，再大张旗鼓推介："维西都，正宗的英国维西都，没听说过吧？它爹妈那都是听音乐、喝咖啡长大的，到了冬天还要穿鞋子、穿毛衣、睡鸭绒被窝。"

村民们都听得大惊失色。

少爷对国外情况知道得多，这个东洋，那个西洋，天下大事像是他脑子里的一册书，无论什么时候翻出来，一清二楚头头是道，足以吸引一些后生。这一天，他正在家门口同两个后生闲吹，从韩国美女说到美国导弹，再说到全国股市的全面翻红，忽听维西都大吠，顺着狗眼看去，见大路上一个陌生人急停摩托。车轮下有一只小鸡仔，已经奄奄一息。

少爷精神大振，起身迎了上去。“兄弟，你今天发财啊？”

“这是你家的鸡？对不起，对不起。”对方看了他一眼，“我认赔，你开个价。”

“我怎么好开价？你自己看着办吧。”

对方赶紧掏出一张钞票给他。

“你家的票子真是大。”少爷捏了捏钞票，吹一声口哨。“知道这是什么鸡吗？知道它从哪里来吗？知道它爹叫什么名、娘是什么号吗？知道它过了多少山、过了多少河吗？知道它的时代背景、科学含量、学术价值以及神圣使命吗？……”

对方已经傻了一半。

国少爷是这样算的：良种母鸡，祖籍澳洲，国际高科技产品，眼下虽小，但吃得多，长得快，下蛋足。长大以后能下多少鸡蛋呢？少说也是两百。那么两百个蛋能变多少鸡呢？少说也有一百六七。那么的那么，每只鸡仔长大以后又能下……同你说实话吧，这只鸡就是国华同志脱贫致富奔小康的希望。看在初交的情分上，打个折扣，直接损失加间接损失就是五百吧。这个价说到哪里不是菩萨价？

陌生人脸色变白，转而变黑，支儿颗板牙大叫：“你抢钱啊？把我当冤大头啊？你为何不说你的鸡是下金蛋拉银屎的呢？……”

看他挂一副眼镜，载一顶遮阳帽，背两根新款钓鱼竿，大概是教师或小老板什么的，进山来钓鱼的。但此刻他已被几个山里人牢牢地钓住了，喊天不应叫地不灵。三个后生团团围住他，扯得他衣襟斜领口歪的，就差一点拿工具来敲他的车轮和后视镜。叫声引来了更多的村民，老三也夹在其中探了探头，发现形势显然对外来人不利。有些村民不是不知道国少爷刁，但眼红那些来来去去的钓鱼者衣着光鲜，吃饱了没事干，还喝什么“营养快线”，又痛恨他们把烟盒子、饭盒子、饮料瓶子丢得水库岸边到处都是，便故意跟着起哄。

眼看着外来人差一点要哭了，老三这才咳一声，表示他有话要说。众人也都安静下来，给村头让出发言席。

“依我说，一只鸡么，确实是不一般的鸡，了不起的鸡，赔一万块也不算多。”老三首先抹了把脸。

在场人都愣住了，似乎不相信自己的耳朵，连国少爷也惊喜万分地眨巴着眼睛。

“不过的但是，赔一块钱，也不算少。”

几乎所有人都愣上加愣。刚才明明是说一万，怎么突然就少了个万字？这一个筋斗也翻得太远了吧？

国少爷尤其着急：“三叔你这是什么话？”

老三对侄儿笑了笑：“你想啊，他赔你一块钱，你拿去买彩票，赢了一百万，不就等于他赔了你一百万？你未必还打算退他九十九万九千九百九十九？”

“你……你怎么保证我能中头彩？”少爷口舌不大利索了。

“那你怎么保证这只鸡不发瘟？”

“我……我家的鸡……从不发瘟。”

“不会被黄野狗吃？”

“告诉你，我天天扛杆铁铳守着，专打黄野狗，专打老鹰！”

“好，要是你国少爷吃得了这个亏，守住了黄野狗和老鹰。那这五百块钱就赔得合情合理，赔得没话说。这样吧，五百块。你来签个协议：他赔你五块；他儿子赔你儿子五十块；他孙子赔你孙子四百……是好多，你等我算一算。”

“慢点，慢点，我要现钱，一次性付款，与儿孙有什么关系？”

“怎么没关系呢？”老三瞪大眼，“你刚才算了鸡生蛋，又算了蛋生鸡，一算就好几代啊。好几代的鸡，由好几代的人来赔。这个道理没错吧？未必你不是这样算的？那你是要减一代，还是要减两代？”

外来人不懂本地土语，也没跟上老三的严密逻辑，还是一脸困惑。但旁观者们已经笑起来了，笑得前仰后合，五官一次次发生重组。国少爷脸上红一块白一块，嘴皮跳了两下，像要说什么，终究没说出来，最后一脚踢飞了小死鸡，牵着维西都走了。“老子今天一脚踩了牛屎……”他的悲号和怒吼远远传来。

外来人见他背影远去，终于恍然大悟，一把捉住老三的手：“大哥，谢谢你，太谢谢你啦！来，抽烟，你抽烟。”

老三其实不想接这支烟，甚至后悔自己今天又多管了一件闲事。像他自己说过的，斗老不斗小，斗小有仇报呢。自己已年近半百，眼看着离天远离地近，前面的日子不会太多。要是把村里的后生都得罪光，自己到了闭眼的那一天靠哪些人抬上山？难道从棺材里钻出来自己爬上去？哎呀，想不得，想不得……他抽了自己一嘴巴，再一次不明白这张嘴为何说着说着就自行其是。

他重重叹了口气，走了，让感恩者一直莫名其妙。

一个人十分钟轮着咒

国少爷经常借钱的对象是戴庆生，外号“庆呆子”。在这个小湾村，田少山多，林产品又缺乏深加工，庆呆子开的一个锯木场就算是罕见的企业，一台大卡车也算是村里最耀眼的固定资产了。照理说，庆呆子占了这两个头彩，再加上两个身强力壮的儿子，一家人的日子过得超殷实，连鸡鸭的叫声都气足韵长。

但庆呆子也有烦恼。他婆娘茉莉成天一个野人样，坐无坐相，站无站形，已经是做外婆的人了，还经常不做饭，不烧茶，不带外孙，更不喂鸡养猪，一出去就是头上插两朵野花，大半天不见影子。儿子收工回来发现家里空锅冷灶，一次次到处找娘，发现她不是在张家看杀猪，就是在李家看裁衣，更多的时候是去了学校电教室，一边嗑瓜子一边看国少爷教娃娃们玩电子游戏。“娘哎，你当神仙不打紧，我们要吃饭啊。”儿子们总是这样说。

“饭有什么好吃？天天都吃的东西。”茉莉很不情愿地跟着儿子回家。

茉莉看多了电视和电子游戏，走路时也经常哼哼唱唱，与树影或山影展开互动，有时是打拳的动作，有时是打枪的动作，有时更像洗澡或招魂，让外人十分疑惑，还得了一个绰号“莉哈性”——就是莉疯子的意思。村里人都知道，她的疯其实是多功能。比如有人来借钱，明明只借六角，她掏出一块就一块，硬要疯疯地塞给人家。比如有人在晒谷或种菜，并没叫她帮忙，她也操起家伙前去疯疯地干上一阵。她不怎么搓麻将，但经常喊这个喊那个，喊得惊天动地，逼着女人们去牌桌边快活。有一次差不多都半夜了，她带着人串了好几家，最后到老三家捶门打户，硬把主家夫妇从床上揪起来，凑成一桌搓麻将，自己站在一旁观战，然后去灶房里烧茶水和炒豆子，只是一不留神钻到床上睡着了，发出呼呼的鼾声。

村里几乎没有哪家的床她没有睡过，而且一睡就怎么也喊不醒，撒手叉脚，歪七倒八，睡出了对角线或横切线，霸占了辽阔的床位，害得主家无论老少和男女，到后来扛不住哈欠，只能小心翼翼地钻缝隙。更重要的，每次这样睡过以后，这位四海为家的婆娘身上常有陌生的袜子或毛背心，自己的镯子或手电筒却不知去了哪里。

庆呆子只得一次次去商店买手电筒，被店主取笑："庆呆子，你们家把手电筒当饭吃啊？"

庆呆子苦着脸嘿嘿一下。

有时还冲着杂货店评点时局："新社会好是好，就是解放妇女过了头啊。"

他在婆娘面前从来不敢高声。比方说这一天，他只是多了句嘴，说菜里放多了盐，就引起莉疯子柳眉倒竖，不但夺了老公的饭碗，还不准老公的两个连襟吃下去，说既然嫌饭菜不好，你们就去上馆子，快走快走。可村里哪有什么馆子？再说这一天请来客人帮工，就是要建两间偏房。重要时刻误了工，还不是自家吃亏？

大儿子见父母吵闹不休，气得直指父亲的鼻尖："爹哎，你如何找了这么个疯子婆？真是搞得我好没面子。你当年好歹也是初中毕业，还混了个生产队长，七不找，八不找，偏偏找来一个老虎凳。你没本事，就去倒插门。再不行，就去当和尚啊。"

二儿子去给外公打电话："外公，外公，求你做点好事，赶快把你的疯子女搞回去。你要是少了米，我给你送点米来。你要是少了油，我给你送点油来。你莫让你的疯子女在这里横闹，吵得我们连饭都吃不成了。"

两个儿子对父母的婚姻都愤愤不已。

庆呆子送走了两个连襟，又接受了岳父在电话里的歉意，还是觉得郁闷，忍不住去找高人讨主意。一个漆匠，一个酒坊老板，一个小学教师，都是他小学同学，又都是同姓远亲，听这事都愤愤不平，决心为他讨回公道，于是结成一伙前来谈判。国少爷找庆呆子多次借钱，欠下了人情，也自告奋勇前来帮一把。哪知道他们一行人刚进地坪，就听到莉疯子开骂：“哪来这么多是非人，想到我家来开斗争会？有屁快放！”

她一手叉腰，插出一个茶壶姿态，雌威凛凛封住大门，吓得来人全体愕然竟不知该如何谈起。

好半天，国少爷才鼓起勇气：“茉莉嫂，不是要开斗争会。你老公这么会赚钱，要放到城里，恐怕二奶、三奶、四奶都有了，你可不要身在福中不知福……”

“放屁，你们都想当种猪哇？”

“我庆叔每天都是起早贪黑，有哪点对不起你？他哪有福气当种猪？当奴隶也只是个非洲奴隶。”

“我前世被他欺了，今世要还报！”

“现在新官不理旧账，你还管什么前世呢？”

“我骂我自己的老公，碍了你哪根肠子哪块肺？他成天同狐朋狗友鬼混，不骂还能成人？我岂止骂，还要打。”

国少爷急红了脸："你这是什么话？我们怎么都成了狐朋狗友？你不是心理变态吧？不是更年期综合征吧？开口就是语言暴力，坏了江湖风气。来来来，我们今天还非得同你PK一场不可……"

国少爷真是帮倒忙，扯出什么PK，什么更年期，什么语言暴力，时髦倒是时髦，但根本不解决问题，还让莉疯子觉得特别戳耳。她杏眼圆睁，一拍大腿，操起大扫把扫鸡粪，扫得说客们在粪雨之下招架不住抱头鼠窜。走在最后的国少爷慢了一步，屁股上挨一扫把，蛤蟆镜也掉了。疯子见对方捡眼镜的狼狈样，愣了一下，捂嘴哈哈大笑起来。

邻居们面对这种大笑，没一个不摇头叹气的。大家又说起庆呆子他爹，当年不知为什么事冒火，给过儿媳一耳光，立刻被儿媳还了一耳光——这种忤逆之人可以上房揭瓦下地刨根，你十个国少爷捆在一起恐怕不是她的对手。还PK？你咳屁（KP）吧！

第二天上午，在国少爷家躲过一宿的庆呆子，惦记着家里的鸡和猪，更惦记未完工的两间偏房，硬着头皮去看一眼，没想到一进家门就难逃严惩。按莉疯子的说法，这家伙居然带人来家里开斗争会，是不是还想开宣判会？是不是还要开追悼会？吃里爬外的货，狼心狗肺的贼，连自己婆娘的更年期也广告四方，不剥一层皮他还真不知道痒了。于是两人又揪头发又掐脸，又抡拳头又操扁担，闹得家里桌倒椅翻鸡飞狗跳。

待国少爷叫老三前来平乱，庆呆子已气喘吁吁夺路上山了，蹿得比狗还快。莉疯子则披头散发咬牙切齿在后面一路狂追。“我崽呀我崽呀——”这似乎是她最严厉的咒语。

“哪个敢拦我，我的砖头不认人！”她用手里半块砖指着老三，似乎看出了对方的来意。

老三吓得退了两步。“我拦你做什么？我是来帮你的。”

“不要你帮，一边去！”

“你一个人打得下来？”

"你看吧，老娘要砸碎他的狗头！"

"你要砸，就好好地砸，莫砸个半死不活，害得大家来抬担架，送医院，端汤送水，跟着你们吃亏啊。"

莉疯子无心开玩笑，脚一跺，冲着山上大喊一声："你有种的站住——"

"我看你根本没下决心。"老三搂起一个大石块给她，"来，给你换个大的，一下就砸到位，砸他一个满园开花万紫千红！"

莉疯子正在豪气冲天的状态，不能不表现决心，不能不升级自己的恶毒，也就不得不丢了砖头，接过沉沉的大石块。但她毕竟是个妇人，搂着大石块，立刻弯了腰，追赶速度明显放慢，跌跌撞撞好一阵以后，眼看着离前面的小黑影越来越远。

老三在她身后大叫："快追呀，你没吃饭吧？你裹了小脚啊？怎么放他跑了呢？快点快点，我抄小路到前面堵住他……"

其实是抄小路上山挖笋子去了。这一天，老

三在山上挖了几颗笋，查看了几处杉林的生长情况，与雇来的挖土机师傅算了算土方，又在好几家喝了茶。当然一路上也接了不少电话。先是庆呆子要求报警，老三的回答是：“亏你胯裆里还有四两肉！哪有老公挨打要报警的？你不丢人，我都会丢人了！小湾村的男人，以后出去还讲得起话？不用裤子罩脑袋还出得了门？”接着是莉疯子强烈要求离婚，老三的回答是：“离什么婚？两根老黄瓜藤还想移栽？我看移也移不活，你打死他算了……没打死么？那好，我明天再来帮你打。”最后还有当事人各方亲戚前来威胁或声讨，诉苦或央求，乱成一团。娘家派与婆家派势同水火，都护着自己的人。不过这也好办，老三见人讲话，见鬼打卦，不是摸顺毛，就是没正经，反正胡言乱语一通，说了些什么自己也不大知道。

他对所有人几乎都许诺明天，说明天一定来严肃处理这件事。但明天还有明天，明天的明天还有明天。老三去城里买电线了，去岳父家帮工了，去王家河放鞭炮吊丧了……每件事都理由充分无可指责，一连好几天没露面。直到锯木场的电锯声再次响起，庆呆子家的炊烟按时升起，莉疯子甚至重新有说有笑出现在村口了，他这一天才大大地“啊”了一声，拍拍自己的脑袋，像记起了什么。

他放下手中的尿桶，隆重地穿上皮鞋和戴上手表，带着不常用的笔和本子，重重地咳两声，代表村委会去升堂办案。他来到锯木场这一家，进门后东张西望，先检查电视机、电冰箱以及电饭锅，指派莉疯子的两个儿子分头把守。

有人问：“你这是什么意思？”

老三说：“两公婆吵架，不摔东西有什么味？等一下好戏开场，你们只守住这几样，其他东西随他们摔，千万不要拦！”

对方问：“那被子、枕头就往他们手里送吧？”

老三点点头：“你这个娃，聪明！”

大家都笑了起来。

他又指派另一个后生：“你去窑场里搬几个烂瓦罐来，去何漆匠家里找几个油漆桶来，那些家伙摔得又响又不值钱。”

笑声更多了，连莉疯子也翻了个白眼，一种忍笑的样子。

老三在正堂居中坐下，两边各设一张椅子，让纠纷双方相对而坐。应他的要求，一壶茶水和两只杯子也由邻居备好，拿来摆在屋中央。待一切停当，全场肃静，老三看看手表，表示时辰已到，郑重地开始发话：“今天祖宗在上，领导在位，乡亲在场。鉴于戴庆生与刘茉莉两同志经常相咒，今天就请你们好好地咒，过足这个瘾。一个人咒十分钟，轮着来。好不好？这不，茶水都给你们备好了。你们口舌干了就暂停，喝足茶水以后再接着来。现在——计时开始！”

这场阵仗前所未见，镇得纠纷双方有点不自在。时间一秒秒地过去，他们或是摸鼻子，或是扯衣角，都说不出话。

“开始啊。”老三瞪大眼，又朝观众挥挥手，“你们都支起耳朵好好听。哪个想学咒人，今天就是机会。”

说得双方更不自在，特别是庆呆子连汗都出来了。

“是不是要找面鼓来，找面锣来，配上锣鼓有味一些？”

莉疯子红了脸，指了指众人，又指了指茶壶：“他三叔，你看你这是……你这不是耍猴戏么？”

“你以为你们平时不是耍猴戏？是放电影？是扭秧歌？”

大家又笑了，莉疯子不知是与哪位婶子的目光相遇，想做个鬼脸，忍不住鬼脸也成了偷笑。

“严肃点！”老三瞪她一眼。

她再翻一个白眼。

老三再一次看手表。“你们都不讲，那就我来讲一句？”

好，你讲，你讲。

“真的要我讲？”

当然，当然。呆子与疯子都鸡啄米一样点头。

“请你们咒，你们不咒，老鼠肉上不得席啊？以后谁也不能咒。知道么？再咒，我就不烧茶水了，只会挑一担大粪来灌嘴巴！”

他把笔记本合上，站起来一举手：“散会！”

村民们意犹未尽，似乎不大想离去。不知是谁带头鼓掌，屋内外终于响起一片掌声，吓得茉莉伸伸舌头，三脚两步往人后钻。来自婆家派或娘家派的几个助攻手，本来准备大干一场，见此情景也就兴致索然，无精打采，各自散去了。

据说锯木场这一家以后还真是平静了些，莉疯子即使有高腔，但也稀薄了好多，至少不再抡砖头追上山，不再闹着要离婚。用老三的话来说：要她打吧，她打不出个结果；要她骂吧，她骂不出个样子——还好意思来找我？

阎王的加油站在哪里

几年前，老三在路边撒过一泡尿，撒完才发现前面有一土地公公，就是杂草掩盖的几块砖瓦和几根残香。他本应该说一句“大人不计小人过”之类，或许就没事了。但他那天头顶烈日热昏了头，加上在生姜老板那里亏了钱，便在公公面前耍狗脾气：“嘿，你未必还真能咬我鸡巴？”说完扬长而去。

不料几天之后，他的阴处开始生疔，痛得他满头大汗，呼天喊地好几天，连撞墙的心都有。

自那次以后，老三世界观发生变化，有点相信八字、风水以及报应，对非同一般的巨石和老树都比较恭敬。他当然也相信科学，比如相信抽水机、钻孔机、推土机、挖土机以及电视台农业频道，甚至对相关高人特别崇拜，侍候得很殷勤，但村里改建土地庙的时候，他还是偷偷捐了一份钱，不觉得这与机器时代有什么抵触。没料到这事后来遭乡上查办。任乡长追究个别村干部带头“反对科学”和“复活迷信”，摘走了这个村的一面流动红旗，气得老三虚火上升，嘴巴肿了好几天，去医院打了三次吊针，还是一个猪嘴巴。当时要不是玉和爹劝住他，说争荣誉不是打架，不能斗狠和赌气，这个猪嘴巴差一点要拱到乡上去，在乡长的小面包车上砸几团牛粪。

但老三不论世界观怎么变，还是看不起皮道士。这皮道士有什么呢？蛇也吃，猫也吃，还把自家的老鼠烧了吃，算什么人呢？明明连道士都没当出个样，还结巴，又口臭，就凭着同县里什么王主任搞好了关系，居然拿回一张介绍信，接管了莲花庵，插手佛门事，这不是鸡仔进了鸭棚么？再说庵不是寺，只能住尼姑的，阴气重的地方，一个汗毛森森汗臭烘烘的汉子戳在那里，好比男人出入女厕所，是何道理？成何体统？小湾村这些年又是虫灾又是旱情，祸根子就是这家伙乱了阴阳吧？

老三还有十足的理由怀疑庵里的那尊菩萨。

他记得很清楚，看得很真切，当初庆呆子那里一根老梓树，一锯裁成了两截，上一截由皮道士拿去做了菩萨，下一截由庆呆子解成木板，垫了自家的茅厕。那好，问题就在这里：同一根木头，难道只灵这一头而不灵那一头？要是皮道士的菩萨灵，那庆呆子的茅厕板子灵不灵呢？

莲云庵很小，也破败，没多少香火，闲着也是闲着，很长一段时间里没人管，现在有个人就近打理一下，当然不是什么坏事。退一万步，既然现在政府提倡男女同校，那寺庵不分也不是不可以通融。不过，皮道士占了这个码头以后，近来越活越神气，穿上一件皱巴巴黑油油的法袍，就以为自己不是挑粪的皮二结巴了，谈生说死，卜凶占吉，口水溅出几尺远，俨然一个博古通今之士。特别是自从任乡长的老娘来卜过一次儿子的前途，虽然乡长本人不一定知道，但皮道士从此就以半个国师自居，有一种官场红人的气焰，有一种干预党政大局的劲头，对谁都敢指指点点，动不动就夸海口："我找任家老太说一声……”

村民们在庵前修路，他居然连茶水都不烧一壶来。村民们给庵里架电线，他连烟也不摆一包。不知从什么时候起，他收来一些旧啤酒瓶，装一点来路不明的水，就说那是圣水、仙露、太君玉液，卖到八十八块钱一瓶，优惠价也是五十八，赚得自己红光满面的，腰身肥了一圈。

人家不买，他就说：“福祸由人，功罪自取，法眼在上，随意无妨。”

吓得信徒们还是只能买。

这一天，庵里出现治安事故，皮道士发现一只铜壶不见了，跑来找老三报案，说你们村干部得管管这事。老三怀疑是国少爷手脚痒，但一时没有证据，只是冷笑了一声：“你的那个菩萨不管事啊？不是连乡长、县长的官帽子都能管吗？怎么连个小偷也管不住了？既不管事，天天坐在那里吃什么冤枉？”

“无上神君法力无边。可能是我前几天诵经的时候没漱口，才有这个报应，不不不不是什么别的原因。”道士一急就更为结巴。

“我不要你漱口，只要你去把供品搬到这里来，我就帮你抓偷壶贼。”

“罪过，罪过，贫道做不得这个主。”

“你那仙水价格一涨再涨，未必是无上神君做的主？”

“信众自愿的，贵一点么，恭敬呀……”

“那是，如今送礼走后门，红包也是越大越好。”

“差不多，差不多的意思……”

“二结巴，你好大的胆！”老三突然一拍桌子，“我要是你的圣祖，今天一雷把你劈死在茅坑里。你把圣祖当贪官啊？钱多多办事，钱少少办事，没钱不办事，那不就是林业局的王眼镜吗？”他是指最近案发丢官的一位知名人物。

皮道士羞得面红耳赤，夺路而去，再也不提铜壶的事。

莲云庵的圣水也从此不见了。不过，没过多久，皮道士又找到一个新的营生，与纸有点关系。这样说吧，送亡灵要烧冥宅，驱疫鬼要烧阴兵，祈神求仙要烧灵台，如此等等，都是纸制品，出自镇上一个扎匠，即皮道士的一个妹夫。大概是与时俱进，这位扎匠的产品越来越摩登，比方说阴兵不仅是纸旗、纸马、纸刀、纸枪，还有纸糊的飞机和坦克，打的是现代化战争，不怕他疫鬼不降。冥宅也不仅是纸院、纸楼、纸桌、纸椅，还有五彩纷呈的电视机、空调机、摩托车、小轿车一类——这种地府流行的好生活真是让人眼红，让人觉得生不如死，慢死不如快死，等死不如找死。

“这里最好还扎几个三陪小姐，穿皮短裙的，穿高跟鞋的。”国少爷还曾如此建议，只是被哈哈大笑的莉疯子猛踢了一脚。

“早晚要阉了你们这些货！”莉疯子又啐他一口。

皮道士没有国少爷那样轻薄，一般都能恪守纲常之礼，但也赚得盆盈钵满，在村里村外名气日盛。他的出场费越来越高，而且一台小号的

“万福仙境”或者“千寿琼园”，相当于小户型低档楼盘，也起码开价三千，根本不还价。其他阴阳师来定日子或者选地方，与东家还是可以打商量的，定个不远的日子，选个较近的地方，就可以偷偷为东家减少成本。但皮道士说一不二，颇有客大欺店的味道。这一天，村里有个叫何子善的死了娘，皮道士明明知道这一家穷，但掐掐指头，打一个哈欠，竟把出殡的日子定在五天之后，吓得孝子差一点当场尿了裤子。这事也算了，村里人帮上一把，好歹把这几天的花销撑下来。但皮道士的服务项目也太多，设坛招魂，打醮驱鬼，加上冥宅一台五千八。如此算下去，子善他老娘还怎么死？还怎么上山和入土？就算上了山入了土，身后一家人的日子还过不过？

老三前去吊香，放了一挂鞭炮，接受了孝子的跪谢，还有告知亡灵的一声惊天锣响。他注意到孝家连张好椅子都没有，一只碗橱也只有三条腿，另一角由砖石垫着。热水瓶里倒出的是冷水。日历还是挂着前年的。柴灶上方该挂腊肉的地方只有几个空铁钩。他刚才带来的一桶白豆腐，看来很必要也很及时。

庆呆子在这里当提堂官，就是主持丧事的人，正指挥几个人打灶、杀猪以及搭棚子。他把老三拉到一边："不得了，不得了，十个锯木头的还不如一个裁纸的。"

老三知道对方在说什么。

对方又说："这号事乡政府又不管了？"

"他们说，现在还没有具体的条文。"

"怪事，每个月是他们领工资，又不是条文领工资，如何一办事就找条文？"

正在这时，皮道士指挥几个后生把琳琅满目的巨大冥宅抬入大门，引起一些娃娃的兴趣，似乎把冥宅当作了巨型积木。一个娃娃伸出手指："我坐这张椅子！"另一个娃娃伸出手指："我坐这张椅子！"又一个娃娃说："那张床是我的！"直到大人又来揪嘴巴又来打屁股，娃娃们才纷纷伸舌头，不再争先恐后地在冥宅里预订享受。

老三背着手，也挤在娃娃们中绕着地府幸福生活细细看了一圈："皮师傅，以后等我伸了脚，你也要给我烧一台，让我好好过一回瘾。"

"那没问题，我给你烧三宫六院十八房，一套中式的，一套洋式的。"对方兴冲冲地说，"再给你烧个办公室，你下去了还是当干部。"

"你说当干部就当干部？"

"要是你多积点德，还可能提拔，到县里当个副局长也不是不行。"

老三观察得很仔细，"当干部至少得骑个摩托吧？"

"摩托车？到时候你肯定坐汽车。"

"我还想坐飞机呢。不过飞机也好，汽车也好，摩托也好，总得加油吧？你不烧一个加油站，到时候我扛着摩托走？"

"加油？……"

"你这里也没个变电站，这些电视机、电冰箱、空调机如何开动？"

"变……"

“你至少还得烧个银行，不然你这些信用卡往哪里刷？再说，阎王那里怕是没有百货商店，你这些冥府美元也好，冥府港币也好，都只能拿去糊壁头啊？”

“难怪，”庆呆子一拍大腿，也恍然大悟了，“皮道士，上次你在我家发了十万阴兵还是无功而返。当时我就想，有刀枪，没茶饭，阴兵怕是不肯卖命啊。”

国少爷更加见多识广：“光有加油站也不行。加油站的油是从哪里来的？恐怕还得有运油车和炼油厂，还得有中石化和中海油吧……”

“你们真会开玩笑，真会……嘿嘿……”皮道士脸额上冒汗，看看手表，像有什么急事，拔腿就往屋后溜。

老三料定对方没什么急事，大步追赶过去，在屋后菜园里抓住皮道士。“你是要种菜还是要摘菜？走错园子了吧？”

“三哥，三哥，你莫逼我……”

“我逼你什么了？我的摩托要加油，你指个

地方就是。我又没有要你出油钱。”

“那也就是……就是……意思一下么。”对方苦着一张脸。

“你说清楚，到底是好大的意思？你没有加油站，没有变电站，让各位归天之灵如何意思？二结巴，我要是工商局，就要到阎王老子那里举报。这活人么，用点假货也就算了。死者为大，死者为尊，死鬼的事情还能咿呀咿吱呀？”

“哎呀呀，这些事是不能太……太认真的。”

“既然不认真，你为何要来？”

“东家请我来，我有什么办法？”对方一脸的无辜。

“这还算一句话。”

“你要吃饭，我不也要吃饭？”

“这也算得上一句话。”

老三点了点头。

这天晚上入殡，皮道士诵经时几次忘了词；颠着步子绕棺招魂时差一点摔倒；一揖三叩时多了一叩，被娃娃们数出来了；莲花步走得没有平时那样好看，更让观众们大失所望。有人在嘘声中朝他投了纸烟盒和塑料空水瓶，表达极大的不满。事后，虽然老三并不在场，道士也没敢开口说钱，接过提堂官手里的红包，是多少就认多少，夹着法袍匆匆而去。一柄法剑居然也遗落现场，被娃娃们抢着拿来玩耍。

老三其实在场，只是有点乏，坐在偏僻处听老人们唱夜歌。他觉得唱夜歌还是好，不像城里人只是鞠个躬，献枝花，丧事也太冷清了，让后人们没什么想头啊。

上门服务的合理收费

葬下老娘以后，何子善一园板栗挂了果，山上林木也进入间伐期，家境终于有所改善。放在前几年，他是村里著名的困难户，今天卖一根柱，明天卖一根梁，后天再卖一担瓦或一担砖，眼看把青砖祖屋拆卖一半，再这样下去，以后可能就得住山洞了。他平时出门，已提前有了山顶洞人的模样，一身破衣烂衫，手上扶一根棍子，头上缠一条毛巾，走在路上哎哟哟地呻吟，似乎生命已到尽头。

村里人见他可怜，每年年终都会给他评上一份补助。好心人还会把几根柴或几棵菜放在他时常经过的路口，让他拿回去。庆呆子锯木场里那一堆堆的杉树皮，也三天两头地免费给他。但也有人说，他卖了杉树皮，拿着钱去打牌，打牌的时候从不呻吟。回家时如果发现周围没有人，把棍子一扔，把头巾一扯，撸两把汗，咚咚咚走得比哪个还快——不知这种传说是否属实。

有一段时间里，他想发大财，跟着邻县一个什么人到处找文物，贩银圆，买彩票，还参加了什么耶稣教。家里的责任田里草比苗深，总是成了野鸡窝和野猪窝。村里用扶贫款给他买的三头小牛，也被他赶到山上以后撒手不管，结果三头牛儿成野牛，在山上找不到水，渴坏了内脏，死掉一头，另外两头也一直不长肉，最后被他吃掉了一头，卖掉了一头。人们要是数落他，他就委屈地说："我一个眯子，眼睛里少了油，哪看得住牛呢？"

"你眼睛里没油，又看得清文物？"老三没好气地说。

善眯子在这种时候总是装装耳聋。

老三知道善眯子的小肠子不少，但不忍心他真的成为山顶洞人，更觉得他一家老少几口是个事，有时候也就马虎一下，并不求个水落石出。有一次，派出所打电话来，说那个叫子善的借口贩文物，其实是伙同不法分子坐庄，发行违法私彩，必须立即严加法办。老三在电话里连忙说，抓不得，抓不得的，他老娘动不动就发猪头疯，以前还上过吊，投过河，喝过农药，你们要是为这些事逼出人命，如何收得了场？这一吓，算是给派出所出了个难题，逼他们手下留情，只是把善眯子叫去训了一通。

又有一次，两个警察带一辆警车怒气冲冲下村，说有人举报善眯子偷树，这一次属于屡教不改，必须严查重办了——他老娘不是已经过世了吗？不是不能发猪头疯了吗？老三这一次拿不出劝阻理由，只好说："好好好，我换一双鞋就带你们去。"其实他借口换鞋，溜到屋后打了个电话，让村里一后生赶快开上推土机，把进山的路口给堵上。这样，等他们的警车开到那里，面对大铁疙瘩无可奈何，找不到推土机的司机，只好弃车步行。可怜两个警察平时爬山少，不一会就汗如雨下，东偏西倒，张开大嘴出气。手遮烈日朝前面望去，盗伐现场据说还在两个山头之上……我的天！事情到了这一步，不用老三开口，警察自己就找台阶下坡。"这样吧……"他们交代老三，"这一次人就算了，但你们村委会必须重罚，罚他一个倾家荡产！"

"你们不是要抓人么？"老三佯装不解，"快快快，你们再这样蜗牛爬门槛，他贼骨子早就跑得没影啦。"

"我们，我们，我们还有更重要的案子……"一个警察差一点要哭了，忍不住上前敬烟，有讨好和求饶的味道。

老三其实不是隐恶护短，也不是不知道依法办事的重要，只是觉得抓人不是办法，尤其善眯子万万抓不得。这臭眯子的确惹人嫌，但好歹是家里唯一的劳动力，抓了以后怎么办？你官府是执法严格了，但他一大堆娘娘崽崽以后找谁去要吃要穿？家里总得有人挑水吧？总得有人打米吧？到头来，善眯子在牢里舒舒服服白吃饭，倒是全村人来帮着他养老又养少，这样的法律糊涂不糊涂？……更重要的，老三受不了那两个警察的没大没小。看上去比老三的女儿大不了几天的家伙，见面只有一声“喂”——哪个是“喂”？姓“喂”的在哪里？百家姓上有这样的姓吗？就凭着这一条，老三也必然恶向胆边生，不让他们尝尝推土机的厉害，不让他们在烈日下脱一层皮，恐怕是说不过去的。

这一年年底，老三叫挖土机师傅转一个方向，让一条新路改道经过善眯子的林地，以便这一家今后倒树出料时省些力资，多一点收益。清财决算时，老三在算盘上打到善眯子的三千元罚款，同村会计商量了一下，觉得还是减免五百为好，免得那一窝娃娃吃不上过年肉——他那个耶稣菩萨管天管地，怕是管不了菜锅里的油腥啊。

两人来到善眯子家退钱，不料对方大大方方接过票子，凑在鼻子前数了数，一个“谢”字也没有。

“错了吧？哪止这一些？”善眯子说。

会计眼光发直：“减这五百，已经是很照顾你啦。”

“五百没错，但你们至少还差我……”善眯子用指头掐着数字。

“什么钱？”

“利息啊。”

“什么利息？”

“你们减免五百，就证明这五百本该是我的。对不对？我五百块钱借给你们大半年，为何没一点利息？”

“你……开钱庄放高利贷啊？”会计差一点晕了过去。

“就算没有利息，你们来一趟又一趟，同我结丝绊经，耽误我好多工。怎么说还得算我一点误工费吧？”

老三跳起来咬牙切齿：“善眯子呀善眯子，你快到城里医院里去照片子，看你贩银圆是不是贩得窗心多出了一个窍。你为何不再收点茶水费？不再收点进门费？你老人家变成了千年古尸，起码也是一个兵马俑，是吧？我们来看一眼也要买门票，是吧？老子——”他两只牛眼珠差一点暴出眼眶，“恨不得一丁公，锄得你脑壳从屁眼里出来！”

从这一家回来，他再次虚火上升，肿了半边脸，在门前劈一竹筒发出毒誓：“老子要是还理他，下一辈子就去睡青石板。”

这意思是下一辈子去做猪。

他为此还迁怒整个洋教，一篙子打翻一船人：“你看他们神不神经？一有事就对着壁头叽里咕噜，就算是做功课了，连香火也没有，连个菩萨也没看见。那只是一个壁头啊，未必你信的是壁头教？”又说：“什么这一诫那一诫，有什么新鲜？不就是三大纪律八项注意么？不就是摸着胸口办事么？一句话不好好讲，不照实讲，背上一个篾晒盘装乌龟啊？”不料这话得罪了自己的姑妈——他后来才知道，姑妈一家也是信了“壁头教”的。

这些话，皮道士倒是很爱听，有时候还在一旁乘机落井下石：“他们信耶稣菩萨的不吃血只吃肉，还不是尽拣好的吃？”

但日子还得过下去，还得在这个地方过下去。眯子的房子就戳在这个村，不是一个船可以划走的；眯子的田和山也睡在这个村，不是几片波浪可以流走的。老三既为一村之首，怎么可以躲得了善眯子？躲得了初一又怎么躲十五？初春时节，一挂鞭炮炸响，善眯子的婆娘从娘家回来了，抱回了第三胎，一个喊声特别脆亮的男娃。按规定，这种违反计划生育政策的偷生和超生，至少罚款五千元。善眯子当然舍不得掏票子，缠了老三好几趟，一会儿拼命往对方衣袋里塞香烟和塞板栗；一会儿站在门口高声威胁："我今天一起床就磨菜刀，看哪个敢同老子结子孙仇！"

老三不怕菜刀，但也学会装聋，"啊"几下，"哦"几下，没有什么下文，一捉住机会就闪身出门，欺他善眯子眼里少了油。善眯子说着说着，发现面前没有动静，仔细瞅一瞅才知自己一直在对墙壁说话。

可以想见，他闹到乡上的时候，累得黑汗滚滚，气不打一处来，一根竹棍扑得窗台叭叭响，也不大记得在胸口画十字求上帝了。"哪个要灭我的族，我就要绝哪个的后！我不怕你们头上有角，有角老子也要拔！我不怕你们皮上长刺，有刺老子也要锉！就算你们是九头鸟，我何子善今天也要剜下你的蛋子下酒喝……"他冲着乡长大骂一通，后来发现对方不是乡长，不过也是一个穿红色球衫的胖子，据说是来讨债的什么砖老板。

任乡长终于出现在他身后："喊什么喊？道士门前鬼唱歌啊？你是不是超生？"

“超……是超了一点点……”

“一点点？计划生育是基本国策。你有几个脑袋来对抗国策？”

善眯子真见到乡长，气劲已耗去大半，口气稍稍放软一些：“五千块也太吓人了吧？你们何不剐我的肉，不抽我的血？”

“霸王价，一口清！”

“农资公司卖水泥也打得折的。”

“那你去找农资公司。”

“你怎么说也得给我减免两三千。”

乡长懒得理他，向秘书要钥匙什么的。

“那……你们就让我赊一半。”

“你以为政府是饭店？是小卖部？”

“你们不减又不赊，那就是逼我一死！”善眯子狠狠地一咬牙。

“好啊，中国什么都缺，就是吃饭的多了。河里没罩盖子，你赶紧去。绳子到处有卖，你赶紧去。”

善眯子没料到乡长一书生，居然句句话是

下刀子。忍不住全身一软，坐在台阶上，闭着眼睛哇哇大哭起来。天呀地呀，爹呀娘呀，你们看看这些当官的，欺侮我一个病人呀。我几十年的贫下中农，从没挂过牌子，站过台子，今天是冤深似海呀。你们都睁眼看看，那个娃根本不是我的，凭什么要我缴罚款？他们不去抓野老公，反过来要抢我的钱啊？他们当官不为民做主啊……他哭得泪一把涕一把，一只鞋子也踢出去了，左右抽打自己的耳光，大骂自己是畜生，是蛆虫，是粪渣子，惨得旁观者有点看不下去。

事情的另一方面，是哭诉之词让人大为吃惊，更让几个乡干部忍俊不禁。他们听过各种抗罚理由，说前一个娃是聋子啊，说避孕环不管用啊，说老爹抱不上孙子就要上吊啊，说自己刚刚遭遇虫灾或者盗贼啊……说什么的都有，还就是没有归罪野老公的。这一理由看似好笑，却有点麻烦。照理说，冤有头债有主，事情如果真是他说的那样，你能找出一个他必须顶罪的理由？

“你说你婆娘那个，那个……有什么证

据？”乡秘书也一时不知说什么好。

“你们也不去看看，那样白的皮，那样尖的鼻子，怎么会是我的种？”

秘书差一点笑出声：“那……这样吧，你把野老倌说出来，我们就去找他。你要是说不出个人，那就对不起！绿帽子也好，黑帽子也好，戴多少顶是你的事。”

“我是要找出这个白皮鬼。”善眯子嗖的一下跳起来，用头巾撸了两把汗，恨恨地再补一句：“我今天还真不信这个邪！”

说着说着，他就把在场者一个个开始打量，特别是把肤色稍白者打量仔细，眯眯眼差一点压到对方鼻尖上。这种显微镜式的紧盯细瞄不怀好意，照得对方先是想笑，继而不无恐惧——这家伙怎么到处找野老公？有这样的找法么？他不会胡言乱语血口喷人吧？财政所长大概是想到自己的皮肤，想到老婆就在不远处洗衣，已经吓得往后退：“何子善，你看清楚点，这种事不能乱开玩笑，我与你前世无仇来世无冤……”

还好，善眯子的目光离开他，盯向别处了。

另一个也急了：“善眯子，我是才调来的，你看什么看？”

还好，捉奸者的目光也离开他了。

片刻之后，善眯子在乡政府大院转了一圈，所到之处无不人心惶惶如临大敌，直到他回到了乡长的办公桌前，顺手把门关上。

“算了，我今天不麻烦别个，只找你。”他摇摇杯子找水喝。

“出去，出去！”乡长正在接电话。

“你莫给我装蒜，慧梅这笔账你赖不掉的。”

“慧梅？什么慧梅？”

“去年在你们这里帮过厨的，你敢说不认得？”

“帮厨？梅嫂吧？她就是你……老婆？”

“当然是我老婆！我出了彩礼的，办了酒席的，雇了面包车装来的。任家的，人做事要凭良心。你鱼肉吃多了，想娱乐一下，其实不算什么大事。但你好汉做事好汉当么，还要别人倒贴钱，就太不义道啦……”

“你胡说什么？”

“你做都做了，人家还不能说？”

“你——你他娘的找抽啊？”乡长居然动了粗口，居然拍了桌子，顺手抓起一本书就砸向对方。

善眯子逃出房间时大喊救命，更无聊的口号随即响彻大樟树下：“你们看啊，什么世道啊？野老公打家老公啊……”

大院里已成为迫害与反迫害的战场，只是正邪定位一时还不大分明。乡长满腔怒火已经高压临爆，一张白脸憋成了粉红色，再憋成猪肝色。他冲到派出所去喊人，不料后来没什么结果，原因是对方觉得口角毕竟不是打架，实在不便出警。他掏出手机再找县里什么人，不过没叫通就自己挂了机——这种事闹到城里去，七嘴八舌，风言风语，也不大好看吧？直到这时，他才发现事情严重，痛悔自己今天没下村去，没关起门来上网下棋，碰上了这么个烂货，惹上一身腥臊。

不错，那个帮厨的大嫂是帮他洗过两次衣，可他连对方姓名也不大清楚，怎么就要对她的肚子负责？善眯子，王八蛋啊？是不是觉得大学生好欺侮？是不是想敲一笔竹杠？是不是知道他一贯铁脸办案，这一次有组织、有计划、有目的地挟私报复？……

幸亏其他人把捉奸者暂时拉走了，“野老公”之类全方位高音广播暂时消停。但从人们交头接耳指指点点来看，王八蛋的威慑和捣乱已有效果，真是一石激起千层粪——乡长不能保证没有人信谣，没有人看险，没有人恶作剧，没有人但求自保。即便有些人愿意帮他擦粪，即便是擦干净了，他也会臭烘烘的余味难消吧？

他开上小面包车来到医院，发现自己并不是想来这里。一打方向盘改了道，在路上蹭过一堆乱糟糟的茅竹，刮出了汽车面板上刺耳的声音。走进老三家门时，他一把散发奋拉在额前，看上去已经老去十多岁。

老三提来一壶茶，做出很着急的样子。“不

得了，你还真是白脸皮、尖鼻子，同他家三娃仔比较配套的。”

“胡说！我坐得端行得正，怕什么怕？验个血，验个DNA，一切就会真相大白！”

“但要是她说你摸了她，掐了她，抱了她，如何验？再说，野老公也不一定都下种，没下种的不一定不是野老公。”

“她她她……总不能无中生有吧？”

“你们两个人的事，何为无，何为有，如何说得清？”

“何大万同志，你这样说太没良心！”

“我是想帮你啊。不过这事……还真是个死案。”

大学生此时肯定想起了烈士和冤狱，恨不能扒开自己的胸口，一腔冤屈和一生清白苍天可证。他是一头身陷陷阱的咆哮雄狮，走过来又走过去，每一步都踏着悲愤，最后指着门外大骂：“小人——刁民——你看我怎么收拾你——”

老三很想大笑，实在忍不住，假装去了一

趟厕所。他甚至假装接了个电话，说自己坚决不相信乡长犯错误，坚决又坚决地不相信乡长有野种，坚决更坚决地不相信乡长夫人会寻死寻活……其实这都是高声大气说给乡长听的，让他知道电话那头的流言沸腾已到了何种程度。刁民？哈哈——乡长大人现在也知道刁民了？恐怕还不知道刁泥鳅、刁老鼠、刁虱子吧？平时下指示的时候，你指挥棒敲得嘣嘣响，就没想到下面一堆乱麻，一个刺窝，一片大泥潭，具体办事有多难？一辆汽车冲过来冲过去威风凛凛，一副黑眼镜摘下来戴上去牛气冲天，你小胖子也有被一根烂绳子绊倒的时候？

他从厕所出来，发现乡长已经走了，震怒和绝望的发动机声远去。他再次幸灾乐祸地大笑，哼着小调去后山割牛草，只是割到第二捆时，忍不住还是打了个电话给国少爷。他为什么多出这一事，事后自己也不大明白。

他以两包烟为许诺，让国少爷去眯子家跑一趟。一两个时辰以后，善眯子果然就慌慌地来敲门了。

“……你看现在的人无不无聊！”他一进门就口水四射地告急，“街上那个郑瞎子、罗瘸子，还有那两个白粉鬼，都无皮无血地要来认亲子！”

老三知道国少爷已经把事做到位了，只是佯装不知，故意好奇：“看不出，你家慧梅还有这么大的本事？”

“听他们放屁！我家慧梅，好规矩的人，怎么会同那些家伙扯皮绊？她到镇上卖几次菜，都是拉她嫂子一起去的。”

“管他呢。只要有人来认账，就有人帮你交罚款，你不就省钱了？你反正是个不要脸只要钱的货。”

善眯子一跺脚：“他们还要抱娃走！”

“抱娃？那倒也是……”老三挠一挠脑袋，“这事有点难办了。你想啊，你下了黄瓜种，黄瓜就是你的。你下了萝卜种，萝卜就是你的。照我们山里的规矩，我山上的竹子要是跑根到了你山上，在你山上当了一回野老公，长出来的竹子还是我的。是不是？因此的所以，还有的而且，你家那个三娃……”

“慧梅是我的啊！她十月怀胎，东藏西躲，做贼一样，容易么？”

“慧梅当然也有贡献，那是事实。国少爷没告诉你么？那些街痞子说了，不抱娃走也可以，但有一个条件……”

“什么条件，你说。”

“唉，我还不好怎么说。”

“说，你只管说。”

“那我就说了？”

“爷哎，你要急死我了。”

“配种费。”

善眯子没怎么听明白。

“他们要收配种费。明白了吧？你想啊，良种站来上门服务，配一头猪是多少钱？配一头牛是多少钱？今年就不是去年那个价吧？这配人，价格就更不好谈了。像郑瞎子、罗瘸子那样的还好说，一般品种，要架子没架子，要肉膘没肉膘，要面相没面相。碰到任乡长那号大学生、高级干部、跨世纪人才，威武得像戏台上的，几十年都是吃的精米细面，就算拿到联合国去鉴定也是超级良种，天乖乖，这个数恐怕还得翻一倍啊……”

老三晃了晃三个指头，吓得善眯子结结巴巴，半边脸抽搐：“如何能这样打比方？我家慧梅又不是一只猪、一头牛……”

“你到处喊喊叫叫出她的丑，未必是把她当人？”

要不是主人赶快给客人灌下一杯茶，再掐掐人中，揪揪耳朵，善眯子两眼翻白，差一点就瘫倒在门槛上了。

善眯子这天回家还真是走不动了，真是一步三喘了。第二天，任乡长高兴地给老三打来电话，说善眯子已老老实实缴了罚款，什么话也不说，不知被什么魔法给治了。他想问问情况。老三不是不想说情况，但一听电话里得意的口气，重新出现的拉腔拉调，就一阵“喂喂喂”，似乎手机没电了。

他关上手机时冷笑一声：“卢州的鱼只能卢州人钓的。你懂个屁啊？”

他现在最重要的事情，是让莉疯子带两个婆娘去看住慧梅。那女人失了面子，又没省下钱，可千万不要想不开。

好容易有了次出名的机会

后来的有一天，老三万分不幸，被查出是个假党员。

没错——假党员，就这么回事。事情的起因，是任乡长一高兴，把他推荐到县里开什么会，表彰他带头修桥、开路、化解纠纷一类优秀事迹。没料到喜事办成丧事，县里说党员名册上根本没他的名字，乡上随后的清查也让人目瞪口呆：当了五年书记的这家伙确实没有任何入党手续——这玩笑也开得太大了吧？用财政所长的话来说：他收了头房又讨二房，抱了儿子又抱孙子，到头来发现自己是个阉太监。

事情可能是从老三他爹那里错起，这是很多人后来的看法。那一年，他爹去砍树，大概是碰倒了老树精，明明已经锯透了，但老家伙吱嘎吱嘎只是叫，硬挺着不倒。到最后倒是倒了，但左跳一下，右撞一下，踩出了梅花步，闹腾好一阵才哗啦啦惊天动地，垮塌出一片刺眼的天空。人们听到了一声“哎哟”，扒开枝叶赶过来看，发现老三他爹一只脚已被树干砸成肉泥，当时就痛晕过去。

他醒过来后，再也无法下床和出门，但他是一个老党员，能背诵好多革命口号和领袖语录的，把光荣责任看得特别重，经常到东家说一通：“三天不学习，就赶不上刘少奇……”到西家说一通：“只有落后的干部，没有落后的群众……”再到南家说一通：“内因是变化的根据，外因是变化的条件……”说得大家迷迷瞪瞪，似乎受到了很深刻的教育。现在，他觉得人残志不能残，人在阵地在，遇到党员开会，他不能去，就叫三儿去；到了缴党费的日子，他不能缴，就叫三儿去缴。如果党员们组织突击队去打山火或者筑堤坝，他不能上阵，就叫三儿去上阵，反正不能让突击队里有一个空岗。幸好老三很孝顺，不想去也还是去，特别是一听到旁人叫好，挖土一定拣大耙头，挑土一定拣大箢箕，每次都累得张开大口出气，在手上或脚上留下伤痕。老爹对三儿很满意："老大被罗医师的针打坏了，耳朵不灵便，不适合开会。老二呢，气虚，身上不着肉，不适合下力。只有老三什么都顶得上，给老子当党员算了。"

当党员就当党员，有什么了不起？老三在初三那年辍学回家，一干就是十几年，全面接管了老爹的柴刀、牛鞭、破算盘以及全部党务，包括该鼓掌的时候鼓掌，该举手的时候举手，该发言的时候发言，还去乡上光荣了一回，在台上戴了大红花，领回了一顶新草帽——他后来以为那就是入党，至少是再次入党，其证据是草帽上明明写着“优秀党员”四个大红字，不可能是开玩笑吧？但那一次到底是什么，村里人也没怎么闹明白。有人说那次是“总结”，有人说那次是“比赛”，有人说那次是“吃肉饭”，有人说那次是“领草帽”，还有人说那次只是“领毛巾”——因为当时草帽不够分，后到的只领到一条小毛巾。但不管怎么样，大家都觉得那一回很热闹，热闹就是好事。

老三他爹是八年前去世的。不过在那以前，村党支部开会点名，也只习惯性地点到老三了。有时候发现老三没来，便理所当然地奇怪，然后派人去找，或打开广播器在喇叭里喊，把他从被窝里或电视前揪过来——倒是把他爹忘得差不多了。“你作为一个党员明天决不能睡懒觉……”这一类派给老三的说法不胜枚举。这样，改选支部书记的时候，在大家一阵起哄之下，老三只觉得自己读书少，一张嘴说不出四言八句，再加上鼻炎发作时的呼噜呼噜有失体面，倒没在其他方面谦虚。

玉和爹当时有点生气："你爹瘸了十几年，靠集体补助养大了你兄弟几个，还欠了几千块钱医疗费。这事你看着办。"

老三想到这笔人情确实不小，只好不再嘴硬。

他回头咨询过姑妈。姑妈说："玉和爹开了口，你得给人家面子么。当年你爹出门吃个饭，喝个酒，都是靠人家玉和背进背出和背上背下，好不容易的。"姑爹也在一旁插嘴："没文化怎么的？皮二结巴读了多少书？他当得了道士，我看你就当得了书记。"表妹在一旁更是加油鼓劲："好多战斗英雄没有手没有腿了，还是一往无前，你鼻炎算什么？顶多是一个轻伤员。"

这些道理很有说服力，事情就这么定了下来——只是多年后任乡长听到这一过程，如听天方夜谭。

"事情果真就是这样？"

"你们没记错么？"

他向知情人一问再问，问得对方有些紧张，

东拉西扯反而更说不清了。到底是不是有个女乡长特别赏识老三，是不是档案资料在那年洪水冲击之下全部丢失，是不是老三在外地打工时入过党，都变得闪闪烁烁莫衷一是。

乡长知道少数农村基层组织不甚规范，甚至听说有的人以为入党就可领工资，或者以为退党就可以拿赔款，但还没听说过这种假党员的荒唐。显而易见，这足以构成全乡、全县乃至全省的重大丑闻。正是考虑这一点，他采取紧急减灾措施，一是派人去县里收回已报资料；二是派人清理、修补以及重建档案；三是向下面发布封口令，严防新闻媒体借题炒作——秘书今天早上已经告诉他，外面已有很多电话打进来了，那些平时八人大轿也抬不来的记者，眼下比老鼠还蹿得快，肯定是来者不善，要来大掏粪渣子！

乡长没料到的是，老三不觉得大难临头，倒是像一只乐颠颠的大公鸡，一只以为自己可以下蛋的大公鸡，梳了头，刮了脸，可能还抹了头油，穿上新崭崭的西装，差一点飞到树上去扑打翅膀表演一番产后打鸣。掏出手机时，他还要起了京腔，提前进入外事活动状态。“……你顺着公路跑，向南，再向东，再向南，一条笔直的弯路，翻一个小小的大山，就到了。”他正在给什么记者指示路线，只是不知道对方能不能理解他“笔直的弯”和“小小的大”。

他家厅堂已经打扫干净，摆上了茶水和糖果。老婆正在厨房里杀鸡。“乡长你来得正好。等一下一起吃个便饭，你帮我陪陪客。”他乐滋滋地说。

“你以为你十分光彩？”乡长有点气急败坏，“这件事捂都捂不过来，你还要到全国去打锣？”

老三眨眨眼：“你是说……这事不能说？”

“有什么好说？人家做假还只是米啊，油啊，烟啊，酒啊，我们造出了假党员、假书记，名声很好听是吧？”

“不是这样说的吧？乡长，不就是我给你们党员帮了一下工么？在我们这里，你家要建房，我给你帮一手。我家要割禾，你给我帮一手。多帮一点，少帮一点，不算细账的。”

“怎么成了帮工？你知道入党是多么严肃的事！哦，一个菜园子，你想进就进，想出就出？”

“我哪一点不严肃？我偷了你们党员的钱？睡了你们党员的婆娘？”

“你是真不明白还是假不明白？”

“怪事，怪事，我给你们糊里糊涂多帮了十几年工，你还找我的癞子。”老三摇着头，又接电话去了。

如果现在下跪能解决问题，乡长愿意下跪。如果现在喊祖宗能解决问题，乡长愿意喊祖宗。面对这个油盐不进的猪脑袋，乡长差一点急得要抱着对方去跳崖，宁可来一次同归于尽。同来的秘书更觉使命重大，立即向乡长偷偷建议，敬酒不吃吃罚酒，干脆把老三抓起来关几天，罪名就是赌博——他未必没打个牌？未必在牌桌上没有输赢？这事一逮一个准，绝对不会有冤情的。乡长说，这个不靠谱，老三平时还真不怎么打牌。

秘书又说，赌一次是赌，赌十次也是赌，你管他呢，过了这几天再给他宽大就是。乡长还是犹豫，说就算他赌得多，这样做也不大服人吧？也过于阴损吧？秘书挠挠头，只好回头再找老三，又是递烟，又是拍肩，又是毫无必要地给对方整衣领，还猛夸对方的新西装特时尚，然后摆出沉重和悲痛的全套表情。哎呀呀你老三当然没有癞子，但事情是这样的啊，这样的啊，这样的啊，出现假党员毕竟是工作上的大差错，让乡领导的脸面往哪里放？还有县领导、地领导、省领导的脸面往哪里放？你是最义道的人，总得考虑一下全局吧？至少的至少，不要毁掉任乡长的政治前途吧？他在这里干了整整六年，六年，不容易啊。每次开村组干部会，他说卖裤子也要办好招待，肉不能少，酒不能少，对你们可是够意思的吧？年关送温暖，他哪个山角落都跑到了，鞋子都磨烂哩。那次打山火，他头发都烧焦一块，衣衫都挂破两件。这些你也都看见了。还有搞蔬菜大棚，搞野猪家养，虽说不是太成功，但没有功劳有苦劳。如果这件事一曝光，一炒作，一惹上面生气，你说任乡长这六年不就……

乡长听得有些鼻酸，扬扬手："不说了，我们回去！"

"任乡长家里还有一个守寡半辈子的老娘呢……"

"听见没有？"乡长大喝一声，"回去！"

老三看见乡长眼里的泪花，听到对方沉重而悲壮的深呼吸，似乎明白了，似乎又没明白："你是说，要我帮他一下？"

秘书说："就算……就算是这么回事吧。你刚才不说帮工么？对，帮人就帮到底，救人就救到头。"

"那你们怎么不早说？真是！"

老三是个好商量的人，愿意给面子的人，尤其吃软不吃硬，遇到人家砸过来几顶高帽或灌下来几盆米汤，可能先晕了一半，最容易大拍胸脯豪情满怀两肋插刀。没说的，多大的事，封口就封口吧——尽管这实在是忍痛割肉。用老三事后的话来说，他看了十几年电视，从未上过一次电视。这次好不容易盼到机会，差一点要当上名人啦，偏偏被乡领导拆了台。他女儿翠萍在外地打工，只是个吊车司机，也上过两次电视，这叫当爹的如何有面子？据翠萍说，当名人好处多得很哩，进馆子吃饭可能被店家打折，上中巴、坐的士还可能免票，到学校去更是被学生娃娃围着要求签名和照相……老三眼看就要实现的这一梦想，居然被乡干部搅成了猪尿泡。他们——也真下得了这个毒手啊？

根据乡上的安排，他叫婆娘关了大门回娘家，自己上山躲了几天，就像被警察盯上了的贼，就像生育不遵计划的大肚子超生婆。他孤零零待在一个守野猪的草棚里，被蚊虫咬得心烦，被歪风斜雨打得冒火，翻来覆去睡不着的时候，忍不住翻肠子倒胃地号叫了几声，然后给乡长恨恨地打电话：“喂，那个茶园的事……”

这是指当年乡上解散集体茶场时截留的一片，多年来小湾村一直要求退还。老三已经纠缠过乡领导多次。

乡长知道对方找准了要价的时机。“这样吧，你书记是当不成了，但乡企业办或者林管所那里，不是不可以安排……”

“不，我什么都不要，就要几片茶叶。”

“要不然就给你一次性补偿？”

“不行，你莫吊胃口，我就要几片茶叶。”

“你不再考虑考虑？”

“不行，我这里蚊子咬死人，烟也快抽完了……”

“好好好，”乡长怕他擅自下山，急急地说，“你得给我一点研究的时间吧？你就待在那里，我马上就派人给你送烟去。”

知道对方的让步已成定局，老三喜不自禁，搔耳挠头，想了想，又打去一个电话：“喂喂，你就挂什么机？上次我同你说过修桥补贴的事……”

“你得寸进尺啊？”对方差一点叫起来，“胃口也太大了吧？你是不是想搞垮乡政府？那你明天就带着推土机来——”

对方关机了，气得老三直骂娘。

几天之后，记者们终于不再来了，假党员一事有惊无险，总算大体上掩盖成功。小湾村悄悄换了书记，如此而已。老三被一棒打回原形，从此只能专心务农，经常赶着一匹马，用他的话来说是成天闻马屁，为一些东家驮运水泥或电器进山，驮运树木或药材出山，一线马铃声零零散散地洒落山林中，播入一缕缕白色云雾。

他太熟悉这一片山地啦，闭着眼睛也翻山越岭，收收鼻孔就能嗅得出脚下是何地方。前面是箕子沟，那里的井水最甜。再前面是霸王庙，那里的野杨梅最大。再前面是老云界，那里的石头又粉又韧，随便取一块都是上好的磨刀石。再前面是雁泊湾了，那里的野鸡最憨最笨，你在草丛后拉屎也可能顺手捞上一只。从雁泊湾往上就是蘑菇砚，那里最怪的是只长公竹，一根母竹也没有，一山的光棍竹子哗哗地开会。从蘑菇砚往下三里半就进了赵家坊，那里已经迁走大半人口，到处是空空的老屋，但一个叫五妹佗的大嫂还住在水磨边和垂杨下，经常在出门不远的小溪前举槌捣衣。她最会唱山歌，一开嗓门就是百鸟噤声，流水止步，人不知今夕何夕。老三的几段“黄色歌曲”都是在那里学来的——其实是指民间情歌。

丈夫打我你莫慌，
娇姐越痛越想郎，
剁了脑壳还有颈，
剜了肝肺还有肠，
……

这样孤独的“黄色歌曲”唱得真是山河黯然，让老三伤心不已，听完或者唱完以后一次次揪鼻涕。

不唱歌的时候，马道上有些马伙计曾找老三打趣。比如说：“你怎么也来闻马屁？一个尿壶不冒充酒壶了？”

老三笑道："你以为那是什么好酒壶？喉咙里都结了蜘蛛网，几年里没唱歌了。我的娘，出门就要带两个肚子，一个肚子装饭，一个肚子装气。头上还要顶三把糯谷草，任人捶来任人踩。"

对方说："少说乖巧话。当初是哪个天天抹头油？还到处说矮子上楼梯，一级硬是一级？"

这时候的老三咧开河马大嘴嘿嘿一下，没词了。

又过了几天，乡政府让小湾村得到了他们的老茶园。据说新任支部书记放了一挂鞭炮，提议办几桌酒席，唱一台大戏，酬谢老三多年来的谈判之功。老三说，红包就算了，大戏就算了，如果大家真要奖励他和高抬他，真要了他一个心愿，那就资助他与几个老伙计去韶山看一下毛主席的祖坟。

要得，要得，很多人都想去看那个祖坟。他们虽然说过老人家的一些坏话，但乡政府这次发还的茶园，还有其他田土山林，不都是老人家当年给穷人们争来的？这个恩德还不大上了天？有些人最喜欢看战争片，最近看了什么电视连续剧，对老毛指挥三大战役佩服得五体投地，认定真命天子毕竟是真命天子，他家那祖坟一定非同寻常大有奥秘。

出发的那一天，庆呆子的大儿子开车，莉疯子在一旁陪驾兼指挥，老三和另外几个汉子在卡车厢里抽烟，喝啤酒，嚼饼，打扑克，身旁是他们备好的大香大烛。

任乡长在路上遇到他们，上前看了看香烛，嗅了嗅车厢里残留的石灰味和猪尿味。“你们怎么不去看深圳？不去看广州？那里的高楼大厦比山还高，肯定看得你们花眼。”

老三兴冲冲地说：“先看祖坟，先看祖坟。”

乡长皱皱眉，纠正对方的说法：“你应该说，去了解伟大领袖毛主席的革命事迹。”

“事迹？他的事迹我们一清二楚，这次就是去看祖坟。”

“你至少应该说，是去观赏一下韶山的美丽

风光。”

“风光？哪里没有好风光？这次就是去看祖坟。”

“你为什么一定要说看祖坟？”

“这句话又说不得？”老三睁大眼，“你们清明节不都是去看祖坟？也没看见政府把清明节废了啊。”

乡长叹了口气，没话说了。他有一个要好的同学在韶山当官，本来可以打个电话去，让对方招待一下这群老少疯子，但看老三那模样，怕又闹出什么大洋相，只好打消了掏手机的念头。他挥挥手走了，回头对开车的秘书只说一句：“看祖坟也就算了，我怕就怕他们下一次到天安门去敬香。”

2009年7月

---

*最初发表于2009年《人民文学》杂志，2010年获《人民文学》杂志年度优秀作品奖，2011年获首届萧红文学奖。

怒目金刚

老邱会砌墙，一把砌刀敲得当当响，只要砖块和灰浆供得上，两三个呼呼喘气的砌匠也赶不上他。他又会打猎，一枪放倒野猪，用不着其他人补枪，大家只管前去挂绳子抬肉就是。他还身高体壮，见几个后生抬一根水泥电杆上山，别别扭扭，累得嘴斜鼻子歪，便一声冷笑："啰唆，啰唆，这么多筷子如何夹肉呢？"他扬扬手让后生们后退，自己紧了紧腰带，大吼一声，三百多斤的电杆就上了肩，稳稳地腾空而去，吓得后生们无不倒吸冷气，再也不敢要求加工钱。

正因为身手不凡，加上全乡在他的治下粮食增产，他这两年臭脾气见长，帽子从没戴正过，衣襟从没扣好过，眼睛珠子总是朝天上翻。“你小子”“我老子”“他妈的”“老子崩了你”一类行伍京骂，动不动就遍地开花，大戳乡亲们的耳朵。但大家拿这位活阎王能怎么办？他说太阳从西边出来，你就不敢说从东边出来。他说一天有二十五个钟头，你就不敢少说一个钟头。人们忍气吞声，任他一张臭嘴到处吆三喝四骂东骂西，任他四方步、八字步、蛤蟆步或螃蟹步呼呼地带风，走到哪里都排山倒海。用本地人的话来说：他要进你家的门，你得赶紧砸门框。他要是在你家坐，你得赶紧往椅子下支砖。

这些话的意思，是指这位书记霸气太大，门框都容不下；也太重，椅子也顶不住。全乡的门框和椅子都遭了殃。

这一天，活该吴家村的玉和倒霉了。刚过大年初五，老邱召集村干部们学习。这正是大抓马克思主义哲学下农村的时代，物质、精神、内因、外因、质变、量变、辩证法、形而上学……这一类小册子上的古怪名词折腾得大家冒虚汗、翻白眼以及舌头抽筋。但哲学是明白学、鼓劲学、斗争学、粮食增产学和肉猪长膘学，哪个敢不捧着小册子出汗？哪个敢逃脱这种哲学大刑？

玉和来迟了，拍拍身上的雪花，笼着袖子往墙角里蛇行鼠窜。

“嘿！站住！”书记铁青着脸，“你小子怎么又迟到？”

“我……刚才看见对面山上牛吃菜……”

“哄鬼呵？今天是牛吃菜，明天是鸡吃谷，每次迟到都有理。妈那个×，我看你小子就是目无领导对抗学习！”

“确实是断了牛绳，真的，不信你自己去看看，西坡的油菜秧子少了好大一片。我要是说假话，就把舌头割在这里。”

“油菜重要还是哲学重要？你就不能叫别的人去赶牛？你猪娘养的呵？不会动动脑子呵？要是在战场上，迟到半分钟也不行。妈那个×，贻误战机，军法从事，老子一枪崩了你！”

书记今天火气特别大，主要是发现下属的学习一塌糊涂，不是把“黑格尔”记成了“黑木耳”，就是把“辩证法”记成了“变戏法”，甚至把“巴黎公社”理解成“篱笆公社”，将来遇到上级派人来检查，肯定烂他的场子和大丢他的脸面么。他已经拍了三次桌子，疯狗一样逮谁骂谁。据玉和后来清算，那骂娘骂爷的粪团子至少砸下了一筐。

说起来，玉和虽是尖嘴猴腮苦瓜脸，但在同姓宗亲中辈分居高，被好几位白发老人前一个“叔”后一个“伯”地叫着，一直享受着破格的尊荣。因为读过两三年私塾，他能够办文书，写对联，唱丧歌，算是知书识礼之士，有时候还被尊为“吴先生”，吃酒席总是入上座，祭先人总是跪前排，遇到左邻右舍有事便得出头拿个主意。想一想吧，这样的堂堂君子为何今天成了茅厕板子说踩就踩？成了床下夜壶说尿就尿？不就是迟到么？不就是赶了一回牛并且在水沟里摔了一跤么？他姓邱的凭什么狼心狗肺当众打脸？

玉和抹了把脸，端坐着一声不吭，只是休会时在门口拦住了书记，说你慢点走，我有事要说。

书记斜瞅了他一眼，说你迟到这么久，还有什么屁事？说完向另一个人交代运化肥和挖塘泥的任务，发出哈哈大笑。几个人额对额地借火点烟，亲热出抹脑袋和捅腰身一类动作。

玉和嘟哝一句：“我要辞职。”

“你说什么？”

“我要辞职！”玉和只得高声。

对方这才扫来胡乱的一瞥：“想叫板？你今天迟到，我骂你有什么不对吗？”

“骂得对，都对。”

“那你还有什么好说？”

“你骂我对，骂我娘不对。我娘没有要我迟

到，还特别怕我迟到，今天一黑早就起床给我煮饭，三番五次催我出门，说山上有雪不好走。你如何左一句‘猪娘养的’右一句‘妈的×’？这事与我娘到底有什么关系？你同我说清楚。”

邱书记一怔，翻了个白眼，“我这是……这是……教训你。”

“你明明是骂我娘，哪是教训我？这大家都听到了，人人可以作证。”

书记左看一眼，右看一眼，说不出话来，最后憋出了一个大红脸，呼啦啦甩下烟头拂袖而去。

副书记见玉和跟上去纠缠，只好插上来紧急救驾。“玉和同志，你辞什么职？给人剃了半个脑袋就丢下不管？有话好好说，好好说。你看事情是这样的。今天你来迟了，与你娘确实没关系。书记也不是要骂你的娘，只是他当过几年兵，习惯了行伍里骂人的一些口白。你不能太认真呵。”

“怪事，对娘不认真，他姓邱的是树上结

的？是土里长的？是螺蛳壳里蹦出来的？莫非只有他的娘金贵，别人的娘就是狗屎？”

“你消消气，骂娘确实，确实这个么……”

“今天才初六，照规矩元宵节之前都是过年，得讲个喜庆和睦。他这个时候当着上下百多号人来指着鼻子骂娘，是不是欺人太甚？”

“人家老邱可能根本没掐这个日子……”

“我比他整整大一轮，多吃了十二年的饭，他也没掐一掐？出门要尊贤，入门要敬长，他连这个道理也不懂？”

“这样吧，你抽烟，你抽烟，我把你的意见转告他……”

“你告诉他：去年他来我们队蹲点，我娘为他煮过饭，烧过茶，洗过衣，做个鞋垫，亏了他么？他不记恩也就算了，为何一转脸恩将仇报？我娘快七十的人了，一辈子没做过恶事，连蚂蚁都不踩，连蚊子都不打，脑壳痛了十年，腿痛了二十年，眼下只剩下几粒牙齿喝稀饭……”

玉和不愧是吴先生，一较真果然有板有眼，

条理分明，证据确凿，情理并茂，大义凛然，气壮山河，铁齿铜牙足以逼得对手一截截出屎。副书记知道今天遇到大麻烦了，再递烟也无济于事，再拍肩再赔笑也阵脚难守。眼看着幸灾乐祸挤眉弄眼的闲人越聚越多，他只好适度背叛一下。“老邱怎么搞的？确实不该这样说么。这样吧，我给你道歉行不行？我代他向你道歉行不行？杀人也不过头点地，我们认错了，不行么？”

“你不用道歉，这不关你的事。冤有头债有主，我只找他，要他到我家去坐一下，同我娘说清楚，就可以了。”

“好好好，会去的，你放心，肯定要去的。”

下午开会，邱书记成了霜打的秋茅，不时用袖口在额头抹汗，嘴里干净了许多，在造林一类问题上还无端称赞了吴玉和几次，散会时又主动前来招呼，说天在下雨，玉和同志你要不要借把伞？

玉和戴上自己的斗笠扬长而去。

“雨太太太大了吧？……”书记的结巴和巴

结都留在远处。

几天过去了，玉和一心一意等着，等着老邱上门来的那一刻。其实他嘴硬心软，没准备下毒手和动大刑，甚至不打算说重话。他平日里对待牛马猪羊都和颜悦色从无恶语，如何会为难一个人？一个长官？他只要对方来坐一坐而已。坐一坐就是坐一坐么，喝杯茶，抽根烟，天南地北说几句，事情点到而止就行。玉和还准备了酒肉，说不定到时候还要贴上一顿呢。老邱最爱吃的小腌笋，他一直小心地留着。他知道老邱的行伍脾气，知道人非圣贤孰能无过。问题的严重性在于，那家伙不该在不当的时间、不当的场合、以不当的方式、向不当的对象撒泼发癫，这一背天理，二败习俗，岂能听之任之？士可杀不可侮也。树活一张皮人活一口气也。老话就是这么说的。

门外总算有了脚踏车的铃声，玉和清清嗓子出门迎候，发现来人不是老邱，是一个走门串户的蛇贩子。

屋前的老黄狗大吠，玉和拍拍身上的灰屑钻

出厨房，发现来人仍然不是老邱，是一个挑着空箩筐的亲戚，大概是来借粮。

不是说了他会来的么？

玉和等得心里越来越虚。直到家里的小腌笋霉得只能沤肥了，还不见姓邱的影子和声气。后来听人说，邱天保来什么来？这家伙刚接到调令，脚板下抹了油，已经去其他地方上任，你八人大轿也接他不来了。吴玉和顿时两眼发直，全身抽搐，像重重挨了一枪，胸口有撕裂的剧痛，差一点口喷万丈鲜血然后直挺挺地倒下去一命呜呼。天呵天，那家伙肇事逃逸，欠债不还，杀人不偿命，拉完臭屎屁股一撅就溜了？他吴玉和老娘头上的这一泡臭屎只能没完没了地顶下去？

他大病了一场，额头上贴膏药，在床上躺了半个月，整个人瘦下来一圈，不再兴冲冲地办文书、写对联、唱丧歌，也不再吹嘘祖上那些翰林、都督、御医的故事。他不知乡亲们会如何议论此事，甚至不敢出门见人，但相信自己已斯文扫地可笑如猴，他婆娘就是猴子的婆娘，他儿子就是猴子的儿子，他孙子将来就是猴子的孙子。一只飞鸟此时刚好把两滴稀粪拉在他的茶碗里，更让他看到了形势的严重。他拿定主意，忙去打听邱某人的去向，然后给所有去那个地方的人捎口信，拜托各位开车的司机、走娘家的女人、卖竹席的小贩、补锅或者修伞的师傅，去找到那个王八蛋，就说这里有个姓吴名玉和的人在等他，要找他，永远跟着他。他得听好了：躲得了初一但躲不过十五，他就是躲进了蛇洞，吴玉和也要挖洞灌水凿洞灌烟。

不知这些口信捎到了没有。到最后，他气呼呼把儿子叫到面前，说养兵千日用兵一时，你给我带上一双草鞋和两斤米，明天就到河口乡去。记住：你到了那里，找到那个姓邱的货，一不要讲理，二不要打架，三不能毁坏东西，只是咒他邱天保不得好死。记住：你要咒九九八十一遍，嗯啦，八十一遍。你回来以后，老子付你口水费，让你吃三天肉！

儿子一听说吃肉，乐得摩拳擦掌，“要不要

咒他绝代根？”这是一种村里人最恶毒的命运预告。

“不可，他娃娃与此事无关。你不能乱来。”

“要不要咒他癞头猪在粪坑里肏的？”这是一种乡下的下流描绘。

“不可，他爹娘与此事无关。你也不能乱来。”

“要不要往他窗户里砸牛屎？”

“不可，不可。你砸了牛屎还不是他婆娘来清洗？他婆娘又没骂我，不关她的事。你休得连累无辜。”

儿子把老爹交代的政策和纪律记住了，顶着一个草帽，提一根打狗棍，斗志昂扬上路而去。不料他这一次毫无战果，原因是他寻到河口时，姓邱的不在那里，据说他不久前违法犯罪，闯下大祸，一头栽进了公安局。

玉和先是一惊：公安局？他姓邱的能犯什么罪？接着是一喜：老天总算开了眼呵？走多了夜路要碰鬼呵？这个贼坯子也有栽跟头的时候？再

下来却有点左右为难：因为他听人说，天保那家伙吃官司，一不是拿错了钱，二不是上错了床，三不是反党反社会主义，不过是擅自下令砍了公路两旁的行道树。事情的起因，是河口遭受水灾，上面迟迟拨不下救灾款。眼看着几百灾民没房住，他一冒火，“妈那个×”，就带人去给干线公路猖狂地操刀剃头，把护路的樟树、杉树、梓树统统砍了然后分给灾民盖房子——这种毁林毁路之罪，在抗美援越的特殊时期尤其罪不可赦。

但不破坏又怎么办？不擅自不猖狂又如何？吴玉和大张着嘴，有点想不通：那些树反正没运出国，不都是给中国人享用了？又没烧成灰，没化成水，不也是派上了正当用场？这算什么违法犯罪呢？未必有了“黑木耳”“变戏法”，有了“篱笆公社”的革命哲学，灾民就可以不住房子了？或者房子就可以用纸片来糊？……邱天保居然为此获刑两年，丢了饭碗，一栽到底，实在匪夷所思。玉和由此想到小人暗算、权奸作乱、昏君恶法、国运不兴一类大事，想着想着就把私仇一段暂时放下。这一天，去县城卖猪鬃和拉酒槽，他还忍不住去看一眼邱犯天保，想送上一碗牢饭。

在送完牢饭以后再啐他一口，这样做可能比较合适？

后来他知道，天保没蹲看守所，算是刑期监外执行。那家伙在县城也没住房，只是眼下靠老婆当临时工养家，就在城郊租了一间库房，方便老婆去大米厂上班。这样，玉和顶着烈日打听了好几个地方，最后在大米厂围墙外找到一排库房，找到了邱家一张歪门。库房是以前用来囤放石灰和水泥的，已经破旧，还阴湿，还窄狭，墙壁不过是篱笆上糊了些黄泥，炉灶不过是墙角里几块砖上架一口锅。有一张木椅因为少了一条腿，只能斜斜地靠着墙。一线蚂蚁从墙上爬到了椅子上，聚叮着几颗剩饭。

往日的大书记眼下又黑又瘦，胡子又乱又长，在黑暗中瞅了好半天才认出来人。但他没法站起来——右腿据说是不久前在一次批斗会上被踹伤。他只能捉住来客的手，禁不住浊泪一涌而出：“我在三个地方任职为官，前后干了十多年呵，没想到……没想到只有你今天来看我。”

“你不要动，不要动，就这样好。”玉和让对方坐稳。

“上茶——”老邱凶猛地表示客气。

一个小女孩赶忙来招待客人，但揭开热水瓶的盖，发现里面没有水；从井边提来半壶水，发现火柴盒又空了；好容易从邻居引来火，又发现小铁筒里已无茶叶。看到这场忙乱，玉和轻轻地叹了一口气。

他喝着一碗白水，见小女孩靠两张凳子相叠，爬到小阁楼上去写作业。“这么爬上爬下好危险，你不给她打一张楼梯？”

“早就拜托了人，都一个多月了，人家也没个回音。”

“怕是木匠没空吧？”

“没空？我算是明白了，世态炎凉呵，墙倒众人推呵。如今我成了王八蛋，还有什么人情面子？”

“这事好说，包在我身上。”

“麻烦你？不用，不用，我自己会想办法。”

“你啰唆什么？五天之内，保你有楼梯用。”

“哎呀呀……”天保眼里闪着泪花，“那也好吧，到时候我给你算钱。”

“钱？你要说钱？那这事就不能谈了。我吃饱了没事干呵？要赚你这几个臭钱呵？算了，你另求高明吧，我也没得空。”

鼻涕声更响亮，天保再一次紧握来客的手，嘴巴张开了两三次，像一再慎重挑选词句，要说出激动和重要的什么话来。

玉和等着，等着，等着呵等着，甚至等得自己怦怦心跳，一心等到对方最应该说出的那句话，等着云开雾散阳光灿烂的美好。但不巧的是，小女娃偏在这要命的时候问父亲一个字，又问一个题。这事刚消停，主人的老婆又下班回了家，于是天保的口舌胡乱支应离题万里，让玉和暗暗叫苦。

主妇见家里有客人，顾不上一身灰土，忙

去买了一条鱼，打回一瓶酒，留客人吃晚饭。豆豉大蒜烩鱼的香味很快在窝棚里弥漫开来。天保揭开热气腾腾的汤盆，喜滋滋地说：“来来来，吃！”

“你吃。”

“你吃。”

“你先来。”

“你吃嘛吃嘛吃嘛。”

“你来嘛你来嘛。”

推让三番五次，天保嗓门越来越大，见客人还是怯怯地往后缩，竟急红了一张脸：“你到底吃不吃？”见客人呆呆的，更是气不打一处来，端起鱼盆往地上咣当一砸，“不吃就不吃，不吃了不吃了不吃了！”

他气呼呼地摸火柴抽烟，吓得玉和差一点翻下椅子，面色惨白，不知所措。好容易看清眼下的局面，玉和只得先安抚哇哇大哭的女娃，又与主妇争着去在地上救鱼，争着用扫把和抹布清理污秽。幸好装鱼的是铝盆，没砸破。主妇回头将鱼用清水漂一漂，略加油盐，还能上桌。

“你急什么急？人家这不是在吃吗？”主妇把筷子重新塞到丈夫手里。

一顿回锅鱼吃下来，邱犯天保还是喝醉了，脖子都红红的，哭出一把鼻涕一把泪，先是骂法院判决不公，接着骂自己脑子里长草，再骂某人落井下石，骂某人见风使舵，骂某人皮笑肉不笑，骂某人明明输了棋偏不认账……都是一些玉和不知头也不知尾的事，让他接不上话。只有妈那个 × 妈那个 × 妈那个 × 一类口白，“你小子”“我老子”一类前缀，玉和倒是听得耳熟。

玉和不再说话，只是一听对方说“吃”就赶紧操作筷子和嘴巴，全身紧张一直持续到欠身告辞而去。

四天之后，一张小楼梯就由玉和求村里的木匠打好，托拖拉机手捎去县城。据说那楼梯又光洁又结实，长短恰到好处，还有防滑倒的挂钩，显然是来自一种用心的观测。邱家人见了喜不自禁。

但玉和再也没有去过那一家。有时捎去一包茶叶，有时捎去半袋豆子，这点人情倒是有的，但他不愿再进那张门。日子久了，熟悉他的人才得知，他无非是嫌邱家缺文少墨，不遵礼数。做女儿的不会叫人，是个哑巴么？当主妇的在客人面前穿短裤，白花花的肉晃来晃去，天气再热也不能如此不成体统吧？再说吃饭，主先客后，这是规矩，就算是吃碗老萝卜烂白菜也得讲究的，为何推让几下你就要瞪着眼睛砸碗？你拷问犯人呵？你痞子闹场呵？真是莫名其妙——人家客方一个肚子是来装饭的还是来装气的？一餐饭下来没长肉还要吓得掉肉呵？

最后一个捎豆子的人回来时说，邱天保已经搬家。相关的好消息是，因为不少群众一再上书，法院重审案件之后终于对邱天保改判。这家伙命好，八字硬，居然还得到某个大人物的赏识，虽写下一份深刻检讨，但最近被提拔为副县长了。

听到这事，吴先生点了点头。

“你不高兴吗？”传信人觉得对方还应该有更多表情。

吴先生提着牛鞭出门，“高兴什么？这家伙，落难惹人怜，得势遭人嫌。”走出地坪好远又在柳树林那边扔过来一句：“你们看吧，他那张嘴巴又会变成大屁眼，到处喷屎喷尿，哪个受得了？”

邱副县长是否到处喷屎喷尿，不得而知。不过他当然不会忘记玉和，据说很快就捎话来，邀他去县城走一走，请他去看什么大戏，接他去赏什么灯会，但他充耳不闻，就当没这回事。有一次，副县长在路上见到他，远远就要司机停车，热情万丈地迎上来，但他借口手上有泥水，没接住对方伸过来的手，自始至终也只是点点头，或者摇摇头，不咸不淡地支吾一下。

老伴事后埋怨他：“事情过去就过去了。你们这对冤家也结得不容易。照我说，冤仇宜解不宜结，得饶人处且饶人么，你呀……”

没料这句话引发玉和的勃然大怒：“我又不

是个疯子，凭什么要握手？凭什么要应答？”

“他问问你有什么困难，怎么说也是好意吧？”

“困难？我最窝心的困难，他装模作样不知道？”

“他可能……真是忘记了？”

“这种事都能忘记？那他就更不是个人！”

老伴吓得舌头一伸，再也不敢接话。

一天，四五个乡干部一齐来到玉和的地头，见两口子栽瓜秧，就这个帮忙点粪，那个帮忙覆土，另有人大张旗鼓地砍树枝扎棚架，“吴伯”“吴爹”“吴先生”一类叫得特亲热，递烟点火一类动作也让人应接不暇。他们无事不登三宝殿，其实是想接先生去县城走一遭，帮他们去拉拉关系，解决乡政府旧楼改造的资金问题。照他们说，这四乡八里就吴伯面子最大——不然邱副县长为何三天两头就要问到他吴玉和？他雪中送炭青松傲雪慧眼识英雄的感人事迹谁个不晓？

玉和一直不吭声，最后冷冷一笑：“我是三

岁娃娃吧？你们还要我去找那个王八蛋，不是偏偏要踩我的痛脚？”

众人吓了一跳，面面相觑。黄乡长怯怯地问：“你说哪个是王八蛋？”

“你们说哪个，我就是说哪个。”

“这就怪了。前……前……你与他不是来往最多么？在他最倒霉的时候……这可都是邱副县长自己说的。”

“那是我看在他落难。”

“吴伯，这我们就不懂了：一面破鼓，补它是你捶它也是你？”

“有什么不好懂呢？桥归桥，路归路，一码归一码。他蒙冤落难，我要行公道。他伤我太深，是亏了私德。懂不懂？公道与私德是两笔账。诸葛亮气死周瑜和哭吊周瑜也是两笔账。我吃了五十多年的干饭，连这个账都算不清？”

众人说不过他，甚至听不懂什么诸葛亮的账。另一个干部只好苦着脸另找话头：“吴伯，你就算是帮我们一个忙吧。你看我们那个办公楼，实在破得像个猪窝了。昨天一下雨，我在房里摆三个桶子接漏水呢。老鼠天天在我头顶上打架。你老人家菩萨心肠，大人大量，德高望重，对我们全乡的发展建设功勋卓著！这样吧，你老人家消消气。到时候我们在城里最好的酒馆摆上一桌，你与人家老邱相逢一笑泯恩仇，往事一笔勾销……”见玉和一张苦瓜脸正在转暗变黑，又赶忙顺着来：“哦，当然啦，都按你老人家的要求办，人家邱副县长肯定有个说法。是不是？我向你保证，事情一定圆满解决。今天我一个脑袋赌在你这里……”

“这关你们什么事？”玉和把来人的一张张脸盯过去。

“我们不就是要促进团结么……”

“在酒馆里搞团结，我娘听得到？我娘有这么长的耳朵？”玉和哼了一声，挑起粪桶径直下坡去了。

大家拍拍脑袋，这才想起一个重大疏失：玉和老娘的坟头在这里——既然事情因她而起，当然就得在这里了结，酒馆里再圆满再伟大的团结也是锣槌没打在锣上，不合吴伯的章法。

日子就这样过着，有晴有雨有暖有寒地过着。又一个冬天到来了。村里遭遇一次山火。那天风太大，烈焰横窜，火团远跳，几乎逢路过路逢溪过溪一往无前。离火舌还十几丈远的林子，哪怕隔着荷塘或地坪，一眨眼就由绿变黄和由黄变黑然后噼噼啪啪自燃，把在场者都吓得差点尿裤子。谁也没见过这么疯魔的火，不知道如何对付。玉和的儿子就是在火场差点丢了小命，黑乎乎的一团送到医院时，冒出皮肉焦煳的气味。

听说儿子需要清创、消炎、植皮等费用两三万，母亲几天来以泪洗面。玉和赶到医院时，女人告诉他很多人都来看过了，其中包括乡干部和邱天保，都在着急钱的事。

玉和忙着倒水和打饭，又去上厕所，好像没听到。

女人吞吞吐吐地说，邱天保还批了一张条子，要县民政局特事特办，参照抢险抗灾英模待遇，给伤者家庭补助一万元。

玉和愣了一下，接过字条看看，顺手撕成碎片，扔到地上还踩一脚。“无聊！无聊——”他冲着墙角瞪眼睛。

“你要死呵？”女人大惊，忙不迭地捡起碎片，“你挨千刀，你下油锅呵——这是什么时候？你还称什么大？赌什么气？要什么横？”

“你也不看看，什么狗屁字？猪蹄子戳的？狗爪子挠的？”

“你抠什么字？你的字是比他的写得好，但你的字不值钱。”

“还有脸当干部。就是给我当学生，我也要打烂他的手板。”

“没见过你这号人，山穷水尽了还酸，你就是孔夫子又怎么样？”

“错别字也太多了吧？太无聊了吧？”玉和仍是一根筋，想起了更可气愤的，是字条上儿子吴懿风的名字居然也被写错。“还‘一风’呢，哪来的吴一风？他怎么不写成一级风、二级风呢，气象预报呵？他怎么不写成东风、南风、西风呢，打麻将呵？就他这水平，把政府的脸丢尽了，只配去发酒疯！”

“人家可能是没记住，或者觉得那个字难写……”

“列祖列宗在上，我吴家从来没有野崽子。吴懿风就是吴懿风，上了谱的，入了帖的，行不更名坐不改姓。我吴家再穷也不能去拿人家的钱！”

“怎么是人家的钱？不就是一个字么，总不会比我儿的一条命……”女人嘴一歪，哭着夺门而去了。

吴玉和翻了翻医院账单，摸摸衣袋，挠挠脑袋，只能出门去卖血。发现儿子连肉汤都喝不上，连鸡蛋都吃不上，当娘的更是餐餐靠酱巴下饭，他更知形势的严重性。他总不能指望老伴去垃圾堆里捡烂菜叶吧？不过他年纪偏大，个头瘦小，面相还丑陋，被采血的护士皱着眉头瞥了两眼，当歪瓜裂枣打发出门。他想了想，只得坐车来到一个小镇医院，找到一个当医师的亲戚，算是走后门通融，偷偷卖出了红色液体——那里有个病危者正好需要这种血型。“你们肯定还有病人！是不是？肯定还会有难产的、中风的、撞车的、跳楼的、闹癫痫的……”他捏着钞票还不愿走，一个劲地纠缠这个或那个医生，恨不得这一刻有千万人大祸临头，都抬进急诊室，都气息奄奄，都急需他价廉物美的鲜血。不用说，他望眼欲穿也没有等到这种奇观，倒是自己几乎被亲戚轰出了院门。

他这才感觉自己有点头晕，两脚如同踩在波浪上，周围一切飘忽不定。扶墙歇一会儿以后，他喘口气再走，差一点撞到树。有位路过的熟人发现他脸色不好，问是不是要用脚踏车驮他一程。他缓缓地摇手，说自己不过是想赏一赏风景，不过是在等一个朋友哩，不急着走，不急的。

他其实很想叫住那个骑车人，请对方帮一把，但不知为什么话到了嘴边又咽回去，还是咬紧牙继续观赏美丽秋色。

儿子出院回家后，身上虽有几块疤，但行走什么的已无大碍，让全家人松了一口气。“不吃嗟来之食，饿死了吗？饿死了吗？”玉和对这种结局兴高采烈，冲着儿子问一句，冲着老婆问一句，冲着邻家的鼻涕娃娃也问一句，问得他们都迷迷瞪瞪，然后面对门外的重叠山峰摆上一碗谷酒，好好地豪壮了一番。不过，治伤所欠下的债，以后得慢慢偿还了。从这一天起，这一家不开电灯，晚上能摸黑就摸黑。这一家也不用肥皂，洗衣时只用草灰或茶枯凑合。玉和豪壮地戒了酒，不买烟，胶鞋换成草鞋，皮带换成草绳，成天着装像个叫花子，在务农之外寻找一切挣钱的生计。他以前从来不去屠房的，总觉得那血淋淋的砍杀，嗷嗷嗷的惨叫，实是不仁，实在戳心，但现在也不能不硬着头皮去那里帮着操刀行凶。他以前从不挖坟砖的，即便是挖一些无主的野坟，死者为尊，虽殁犹存呵，后人岂能咣咣当当地打砸抢烧横加欺凌？但眼下的青砖值钱，卖一口就赚两角哩，他也不得不寡廉鲜耻地扛着锄头混入小人行列。最后，他还跟着后生们上山倒树。一个年过半百的老汉，还经过多次卖血，在根本没有路的陡坡上和密林里蹿上蹿下钻来钻去，被马蜂刺，被树刺扎，被毒草割，被风雨淋，一张沾有青苔和泥沙的脸经常像恶鬼，落在水潭里吓自己一大跳。

他手捧清水洗了几把，才在水面倒影中辨出自己的苦瓜脸，兴之所至，还随口吟出一联："人面兽心方可恨，兽面人心又何妨？"

他那干瘦如钉的两条腿越来越哆嗦和晃荡了——终于有一天，他突然觉得肩头重量消失，膝盖和腰身忽然舒坦，阳光明亮耀眼，山风鼓荡爽身，整个身体有一种飘起来、浮起来、飞起来的感觉，有一种浮游在五彩天宫里的自在逍遥。

这才是人过的好日子呵——他差一点笑了起来。

其实他是在村民们的大声惊呼中，一失足便连人带树坠下山崖。几只鹧鸪在那个落点的周围大叫着绕飞不已。

落物惊起一大群金色蝴蝶，如一朵灿烂浪花升起来，然后缓缓地溅散。

村里人在谷底找到他的时候，发现他嘴巴、鼻孔、眼眶、耳穴里都流血，手腕已无脉跳，全身正在变冷。玉和，玉和伯，玉和爹……大家的喊声撕肝裂肺，然后在村里引发一阵阵炸响的鞭炮。家人们哭号着，发现他手冷如铁，只得赶紧给他洗身与换衣——据说尸体僵硬后就不方便这样做了。

遵照他以前有过的交代，丧事一切从简，比如道场和傩戏是断断不可。但有些规矩则不得马虎：儿孙晚辈一定要跪着守灵，白豆腐和白粉条一定要上丧席，香烛一定要买花桥镇刘家的——那一家的质量最好；祭文一定要出自桃子湾彭先生的手笔——那是死者生前最为知心的文友。出殡的队伍还一定要绕行以前的两个老屋旧址——死者在那里度过几十年，必须向熟悉的土地和各类生灵有最后一别。

入殓前，儿子发现父亲大睁双眼，目注苍

天，不论亲人如何揉，如何搓，如何抹，眼皮也只是半闭。他的牙关紧紧咬住，咬出了一个宽宽嘴形，咬得腮帮微微鼓起，整个一张脸有些扭曲和张扩，活生生一个怒不可遏上阵打架的模样，让身旁人无不想起佛庙门前的怒目金刚。

是不是人家欠了他的粮？是不是他欠了人家的钱？……人们悄悄议论。只有家人最明白他的心事。儿子凑在他耳边大声喊："爹呵，爹呵，那个人已经来过了，已经给你赔不是了，你就放心去吧……"

金刚还是紧紧盯住屋梁，时刻准备出手。

"爹呵，爹呵，他实在是太忙了，但已经写来了条子，打来了电话，这事大家都知道的呵……"

死者依然严阵以待。

儿子拿一块白布盖住死者面孔，但仍然不解决问题。更麻烦的是，白布盖上去不久，有人听到嘎巴嘎巴的声响，若有若无，似在非在，来自左边又来自右边，待大家侧耳细听小心寻找，才发现越来越大的异声其实来自死者，来自他体内各个骨节的暗中发动。人们赶紧揭掉白布，消除这恐怖的声响，在临战者周围吓得一个个脸色发白。村长急得直摇头，说不行不行，玉和爹是什么人？你们想拿一块布打发他？这件事再难也得帮他办实了，不然他如何死得透彻？如何走得顺心？

村长赶忙到村部去打电话。这是一个通讯不太方便的时代。邱天保在省城办事，从吱吱吱喳喳喳的电流声中知道事情原委，不免大吃一惊，依稀想起了十多年前。他连夜赶火车，换汽车，把慢腾腾的火车汽车骂了狗血喷头，差点与无精打采的汽车司机打上一架，以至连跑带窜赶到死者面前，已是天亮时分了。他跌跌撞撞扑向床前，一把抓住死者的手放声大叫："玉和大哥，对不起对不起，我今天是那辆狗屎汽车给耽误啦——"

随他推金山倒玉柱扑通一声跪拜，死者的家人忍不住掩面放声大哭。门外更多的人也跟着抽泣或唏嘘不已。

“我就是邱天保，我在这里给你赔礼，给你娘赔礼——”

人们真真切切听清了这一句。这时，天上突然劈下一个惊雷，震得灵堂烛火慌慌地跳荡，在山谷里激起隆隆回声。顷刻之间大雨也狂泄而至，在门外拍过白花花的一浪浪雨雾，又把一团团雨雾送入门内。据说死者就是在这一刻牙关松弛，欣然闭目，隐隐呼出最后一丝气息，眼角还神奇地挂上了一滴泪。

有人偷偷地笑了，说这就好，这就好，生要晴日亡要雨日，老天也在陪着他放声一哭呢。

2009年8月

---

*最初发表于2009年《北京文学》杂志，2009年获《小说选刊》年度优秀作品奖，2011年获《北京文学》优秀作品奖、《小说月报》年度优秀小说奖。

枪　手

油印工序大体是这样：先用尖头铁笔在钢质垫板上刻写蜡纸，然后把蜡纸挂上墨网，用滚筒蘸上油墨碾印，于是油墨透过诸多刻痕，一张张传单或小报便大功告成。这种活很奇妙，干得多了，少年们免不了别出心裁再干出一些花活，比如用多机实现多色套印，或在蜡纸上下足工夫，时琢时磨，时剔时刮，居然能捣腾出木刻、工笔线描一类图像，甚至印制出深浅不同的水墨层次，与铅印的正规报刊相比，效果难分高下。可以想象，要是红卫兵“停课闹革命”再闹上几年，一代铁笔艺术家茁壮成长，就靠那些侏罗纪风格的老装备，蜡刻印象主义或蜡刻浪漫主义也许要流派纷呈的。

多年后，徐冰说起当年，出示自己的一些油印插图，我一见就会心。想必这位大腕当年也是脸上常有油污，指头磨出硬茧，上街只看墙头张贴的小报，看小报又全然不在乎内容，目光直勾勾的，只是留心标题、版式、配图的艺术高招和创作心机。惺惺惜惺惺。他肯定注意到街头最精美的那几家小报，隔空神交了许多同道好汉，恨不能千里相会聚首把臂一吐衷肠。

我也在这个江湖里混过。

其时年满十四。

本人最大的从业污点是伪造印章。说实话，既然铁笔下能有艺术流派，刻出印章效果就只是小菜一碟。全国学生免费大串联历时约半年，终于被叫停，但同学们心痒痒的还想出去逛，于是盯上了铁路系统的内部车票。在他们怂恿之下，我借助一把放大镜，在蜡纸上精雕细刻，再用抹布蘸上油墨轻轻涂抹，很快就制作出铁路局的什么函件，其大红印章看来看去，几可乱真。有同学一见就乐坏了："你索性再刻一个中央军委的公章，我们坐上轰炸机出去耍耍呵。"

以这种假印章骗车票居然多次成功。就这样，这一年夏天，好友们一伙去了广州，另一伙去了北京，再不济的也去畅游岳阳或衡阳，校园里变得异常安静，只有绿树深处蝉声不息。他们去的那些地方我早已去过了，便留校守家。我所在的长沙市七中与烈士公园为邻，校园北部的山坡外就是浏阳河。如果同学们都在，我们常去河里骚扰民船，以满船的西瓜或菜瓜为目标，讨不成就偷，偷不成就抢，图的是一个快活。后来还有更神通的战法，那就是一齐对船老板大喊"陈老板——"或"樊老板——"。"陈"谐音"沉（船）"，"樊"谐音"翻（船）"，都是美丽江面上最狗血的咒语。有些船民一脑子迷信，一听到这种叫喊就叫苦不迭，就急得跳脚，实在招架不住，只好往船下丢几个瓜，算是堵上小祖宗们的臭嘴。

可惜我眼下孤身一人，构不成声势，没有预言“沉船”或“翻船”的威慑力，只好怏怏地提一条游泳裤提早回家。

事情就这样发生了。一九六七年这一天的回家之路实在落寞得很，无聊得很，一路走得郎里咯郎。我走过飘飘忽忽的体育馆，摇摇晃晃的公交牌和米粉店，在白铁作坊前还没把弧线剪材看出个门道，忽听身后一声暴响。

事后依稀分辨出来了：枪声！

事后我还回忆起来了，街面顿时大乱，人们像一群无头苍蝇惊慌四散夺路而逃。如果我拍拍脑子，掐一把皮肉，还能回忆起一个老太婆摔跤了，另一个汉子盯住我的左腿大惊失色，于是我看见自己裸露的大腿上，有一个扣子般大小的血洞，开始往外冒血。这是什么意思？这红红的液体不就是血吗？我的天，刚才那一枪是打中了我？世界上这么多人影，我招谁了惹谁了，竟然如此背运，早不回晚不回偏偏要在这一刻回什么家，千辛万苦把自己往那个黑洞洞的枪口上凑？

我没感觉到痛，而且发现自己还能行走，便用游泳裤紧紧捂住了伤口，跟随人们闪避到路旁。我撞开了一张门，有用没用先求上一句：我受伤了，请帮帮我！说完才看清面前是一老一少两个惊呆了的女人。后来我才知道，这是我一位女同学的家。她比我高一届。她肯定没想到，我们日后还有机会在同一个知青点共事多年。她肯定更没想到，她再后来移民美国，经商成功，与伙伴们天各一方，只是一份音信渺茫的模糊。

她是否还记得，她外婆找来草纸烧灰要给伤口止血时，两只手颤个不停，好几次都划不燃火柴？是否还记得包扎伤口时，她俩全身都软沓沓的使不上气力？……好容易，门外消停了，枪声和狂喊乱叫没有了。一个男声由远而近："刚才那个伢子呢？那个受伤的……"大概是受邻居们指引，一个人敲开了房门。他瘦个头，还有点驼背，手里提一把驳壳枪，冲着我们裂开生硬的笑纹："不好意思，刚才我们是在抓公检法那些王八蛋，妈妈的，一时枪走火，枪走火。"

他说的"公检法"，是司法系统某个群众组织，大概是他们的对头。那时正是"文攻武卫"高烧期，每个城市都闹成山头林立，你争我斗，一旦红了眼便兵戈相向。连中学生手里也少不了苏式骑五三、汉阳造七九、转盘帕帕夏……说实话，多是些民兵训练用的破铜烂铁，子弹也不好找。谁要是扛上一支五六式半自动，那才有几分正规军模样，有脸挎出去招摇过市。大家对此其实意见不小：北京那边说"武装左派"看来也是半心半意呵，要不然好枪都去哪里了？不是被一脸又一脸假笑的解放军早早藏起来了？

接下来的事较为简单。小驼背抱上我出门，送上一辆货卡，是他和同伙刚从大街上截来的，然后一路驶向湘雅医学院附属二院。看着呼啦啦的梧桐枝叶在天空中刷过，我已开始感觉到伤口裂痛，而且知道自己还有一个弹孔，在大腿侧后，是子弹的入口。进入医院后，痛感更加猛烈得狂暴。不知什么时候，白大褂晃来晃去，一位女护士问我一些问题，爱吃什么菜，爱唱什么歌，爱玩什么游戏，是不是放过风筝或做过航模，诸如此类，莫名其妙。事后才知道她这是分散我的注意力，不让我瞥见手术台上那一大盆一大盆的血纱布，防止我大叫一声吓晕过去。据她说，手术时间稍长，是因伤口离枪口太近，火药残毒重，必须切开皮肉全面清创——这话说白了吧，“清创”就是用药纱条在一道肉沟里拉锯式的拉来扯去，就是用钳子夹上药棉团这里那里猛戳一通。

我哥来到医院，在病房走廊里找到了我——这里已人满为患，加床都差点加到厕所里去了。我哥对小驼背怒不可遏地喊：“你什么人？干什么的你？你会用枪吗？你也配拿枪？你的枪口再提高一点点，他就没命了你知道吗？你今天实际上就是个未遂的杀人犯，杀人犯！谁在乎你那点水果罐头？医药费算个屁呵。他要是留下个什么，你这个家伙必须一辈子负责到底我告诉你……”

小驼背脸上红一阵白一阵，把手枪哗啦一声推上膛，狠狠地塞给对方：“那怎么办？大哥，你打我一枪。”

我哥愣住了。

“你要是还觉得亏，那就打我两枪。不过话讲在前面，我没打死他，你也不能打死我。”

大学生最终没敢接下盒子炮。

“你打呀，打呀。没关系，老子这条命反正不值钱，就是一条野狗。大哥你要是不会打，来，小弟我教你打……”

现在轮到我哥脸上红一阵白一阵了。其实，从后来的情况看，这家伙长得未老先衰，虾米背和猴公嘴不怎么周正，倒也不像个小土匪。无所事事的时候，见邻床一个老头上厕所困难，他就扶来扶去好几趟，还帮忙打饭。见病房里太燥热，他后来带上一个兄弟，不知从哪里弄来一台工厂里常见的大型排风扇，拉上临时的电线，呼呼呼送风，赢得众多大拇指。大概是同医生们混熟了，还不时有白大褂来找他，求他去救个急，帮个忙。他们都叫他“小夏”或“夏同志”或“夏如海同志”。据说他总是在脖子上挂两串手榴弹，把其中一个拧开盖拉上弦，冲到手术室那一类地方，大吼一声，两眼圆瞪，喝令小杂种们统统闭嘴，统统一边去。那些“小杂种”其实也是荷枪实弹凶巴巴的，大多比他雄壮比他伟岸，无非是看见战友伤情重，正急得抓狂，用枪口指着白大褂们，强求手术插队，强求最好大夫出来主刀什么的。在这种场合，穿鞋的怕光脚的，光脚的怕玩命的。突然冒出一个比谁都不要命的王八蛋，其他人不敢同归于尽，就只得让他三分。

好几次混乱就是这样平息了。我后来怀疑，院方让我足足住院二十多天，迟迟不放我走，其实是想把他这个维稳积极因素多留下几天。想想也好笑，要放在平时，就凭他的虾米背，满嘴“鳖”呀“卵”的流子腔，大夫们哪能拿正眼瞧他？科班出身的正人君子们，餐前都要肥皂洗手的，周末都要上公园赏花的，笔下总是拉丁字母龙飞凤舞的，别说没工夫对他和颜悦色，恐怕还要严加提防。不过此一时也彼一时也，鸡毛飞上天了。既然只有他愿意平乱，能够平乱，那就成了革命医务人员的主心骨，德才兼备的好同志。即便一条颈根总是没洗清爽似的，能算事么。

肯定是接受了太多热情信任，听取过白大褂的诉苦和建议，小驼背同志心情大好，索性再叫来几个兄弟，统一挂上“青年近卫军”的红袖章，在大门口吆三喝四地设岗值勤。他指挥就医者们排队，顺便督察一下环境卫生工作，教训一下叫卖的小贩，忙得浑身汗臭。如果让他再忙下去，人民英雄人民爱，人民军队爱人民，他可能就得问寒问暖成天说上普通话了。

这些日子里，我的心情却一直坍塌式消沉。文艺界男女们常来慰问战斗英雄，又唱又跳，又献花又鼓掌。其实英雄在哪里？在这个被临时征用为专收武斗伤员的医院，一个弹片削去鼻子的菜农户，一个腹中四枪的小学生，一个炸飞了双腿的还俗和尚，一个脑袋被铁棍开了瓢的搬运工，还有太平间蒙尸白布下露出的一缕黑发或一双赤脚……看得我心惊肉跳。这就是“路线斗争”呵？明明是开屠坊、摆肉摊么。手术室里日夜灯火通明，白大褂们匆匆来去，那么多人被呼啸的钢铁剪裁成模糊血肉，号叫的号叫，失禁的失禁，完全是一片战祸景象——这就是“继续革命”的丰硕成果？邻床的一个眼镜鬼，参加过省会长沙三十多个造反派组织的聚义兴兵，前去“解放湘潭”什么的。但大家一窝蜂真到了前线，一个叫易家湾的地方，没人指挥，连饭也没人管，各人自己找地方趴着和躺着。几个首长模样的人挂上望远镜，带上随员和步话机，乘坐军用吉普窜来窜去，雄才大略胸有成竹的范儿，让大家眼巴巴引颈期待，但等到天黑也没见下文……只好一窝蜂又纷纷散了。“贼养的，就算是耍猴戏也不能饿肚子吧，去地里挖红薯算什么事？”

我在这看到了报纸和庆典以外的世界。

一年多后，全国的无政府状态终于大体结

束。我离开学校和城市，成了湖南省汨罗县某茶场的一名下乡知青。新生活倒是太安静了，只有日复一日的腰酸背痛，两头不见天的摸黑出工和摸黑收工。无穷无尽的垦荒、耕耘、除草、下肥、收割、排渍、焚烧秸秆，让我们体力严重透支，被岁月抽空了和熬干了，只剩一个个影子在地上晃荡。就像我多年后在一本小说里说过的，“烈日当空之际，人们都是烧烤状态，半灼伤状态，汗流滚滚越过眉毛直刺眼球，很快就淹没黑溜溜的全身，在裤脚和衣角那些地方下泄如注，在风吹和日晒之下凝成一层层盐粉，给衣服绘出里三圈外三圈的各种白色图案。”

对于我们这些产盐大户来说，“文革”已恍若隔世，同汉武帝、武则天、北洋军阀那些故事差不多。如果说它还略有遗迹，还略有余温，那也不过是断断续续的小麻烦偶尔来扰，让人一点也爽不起来。有干部从城里来，调查是否有知青还私藏什么军品，谢天谢地，与我没关系。又有干部从城里来，调查是否有知青离校前顺走了公家的篮球、哑铃、球衣、手风琴，谢天谢地，还是与我没关系。更多的调查和清算与全国大串联有关。比如在各地红卫兵接待站借过钱的，借过棉衣的，眼下都得秋后算账。我的室友黄某，早就丢失了学生证，但眼下无论他如何强辩，那个别人冒用了的学生证，牵涉到三笔共十五元巨款，最终得由他全数补缴，一点折扣也不给。好在他也揩过国家的油，算是没输光，不至于冤屈得撞墙和喷血。据他说，他的骗乘术很简单，想到什么地方去要，就先学几句那里的方言，然后求告火车站长一类，伪装成途中惨遇小偷的苦命游子，求一个回家的机会。对方听他的外地方言，有时信以为真，心一软，就放过了。只是有一次他撞上克星。对方居然心细如发，硬是找来了一个上海乘客，核查他的上海话，哪怕他紧急改口称自己是上海郊区的，是郊区的外来户，也没法骗过人家那一对高精度的上海原装耳朵。

人们没把他一把楸去派出所，已是他后来的大幸。

这一天，又一位警察从长途大巴下来走进了茶场。接下来，场长阴沉着一张脸，不找张三也不找李四，径直走向我，吓得我胸口乱跳，暗想出来混终归是要还的，肯定是伪造印章那些事败露了。

“你认识海司令？”警察问。

“谁？”

“夏如海，就是开枪打过你的人。”

我松了口气，这才想起是有过这么回事，是有过这样一个人，只是去年已经太遥远，好几个朝代都过去了吧。

接下来的询问大概有这些：

他同你有什么仇？或者同你家人有什么仇？是什么原因，他要在大街上对你横加伤害？

他打伤你以后没有逃逸吗？没有推诿吗？你后来是怎样找到他的？你的伤情怎样？骨骼、神经、脏器有过什么问题？对现在的劳动和生活有什么影响？你做过全面体检吗？

作为受害者，你为什么到现在也没求助政

府？没有追究这种人身伤害的犯罪？他是否对你或者对你家人有过恐吓和威胁？

在你与他接触的过程中，你是否发现过他还做过别的坏事？比方是否还有过其他开枪致伤、致命的情节？是否有过持枪抢劫、勒索、报复、耍流氓的行为？你仔细想想，他是否穿戴过来历不明的手表、皮鞋、金戒指？

……

感谢警察叔叔，一旦重返岗位，重整天下山河，就对我如此关心。

不过事情是这样……这么说吧，这么说吧，当时世道很乱，坏人不少，但大多不像是他说的那种坏法。即便是在收枪禁令之前，弟兄们舞枪弄棒，但除了一个图书馆被盗，学校附近的银行、邮局、粮店、商店、饭店、肉店、冷饮店等倒是一直安然无恙，连捡个钱包也是要争相上交的，谁窝藏谁找死呵。是不是？也许小蟊贼都死绝了。更可能的原因是，他们怕警察，更怕业余警察，无非是怕那些革命群众管起闲事来不讲规矩，动不动就拳脚相加，枪口一下子顶到你脑门上。枪手们还到火车站义务搬运过援越物资呢。

我这样说的意思不是要隐瞒什么，只是觉得对方有点想当然，调查方向有点偏。看来，他在小本上记录下一堆困惑，在这里只看到一条不甚给力的伤疤，没发现轮椅或拐杖，更没发现导尿瓶，大概觉得这一次长途奔波有些不值。在他一再启发之下，我搜肠刮肚，努力配合，总算梳理出小驼背的一些劣迹，比如用手榴弹炸过鱼，用扑克牌赢过散装烟，还居然要让我享受美好人生，哄着我抽下了此生第一支烟，结果半支下来我就天旋地转，差一点栽倒在厕所……但我没法说下去，因为我发现胖警察脚下已有真真切切三四个烟头，手指头上还有焦黄的熏痕。

“大叔，对不起，我不是说你抽烟不好……”

“没关系，没关系。”

“你平时……不打扑克吧？”

“打又怎么啦？中央文件规定了不准打扑克吗？正常娱乐生活还是要的吧，年轻人要活泼一点，快乐一点，率性一点嘛，也没什么不对呵。”

“那是，那是。”

警察当天就返程了。知青们发现我这一次轻松过堂，既没缴钱也没被扣粮，多少有些嫉妒。

我没料到的是，这事还远未结束。如果我没记错的话，大概是四年后，我被调去全县围湖造堤会战指挥部刻印工地小报，有一天去食堂吃饭，见一个陌生女子守在食堂大棚的门口，一见小伙子模样的，就上前欠身盘问，是不是知青，有没有人姓韩。她眼睛大大的，鼻尖冻得透红，一件红花棉袄裹住了丰丰满满的少女青春，但辫梢和袖口都积有泥点，大概在哪里摔倒过。

她最后筛出了我，冲着我两眼睁大，上上下下好一阵打量，捂住嘴突然哭了。“天呵，天呵你就是……”

出入大棚的民工们吓了一跳，一个个探头探脑的，交头接耳，看看她又看看我，大概在猜想这里的故事，猜想我在故事里的勾当。

我做什么了？

我没被她认错吧？

（如果是电影，此处应该有音乐，大提琴声轰然迸发弦惊天外的那种。）事后才知道，她就是夏如海的妹妹，一个多月来她找我实在找得太苦了，太苦了。她大海捞针般地要找到一个毕业于“长沙市第七中学”的“韩”姓学生，是因为法院军管会判决书上只留下了这一点信息。她先找到学校，找到毕业生下乡的去向（有南北共三个县），又找遍了这个县的七个公社（若干韩姓学生如此分布），但知青情况变化很大，招工的、升学的、病退的、流浪出走的、转点投亲靠友的……有时一动就跨县和跨省，造成线索七零八落，忽断忽续，常常是似有却无。现在，老天爷呀老天爷呀总算开眼了，她死死揪住我这最后一线光明，再也不能松手，再也不能遗失。她发现这个“韩”果然活得好端端的，就像她哥说的一样，不可能“残废”——这是判决书的关键词之一，所列罪状的重要一条。

她苦命的哥就是因这一纸判决，入狱服刑

二十年。这事显然与他的“劳教”前科有关，与他后来公然报复“公检法”人员有关。仇恨激发仇恨。碰到这种竟敢反攻倒算的人渣，警方岂能不重拳打击？不难想象，如果当时有法律体系，有律师、公开庭审、辩护制度什么的，案情的夸张现象也许能得到较多避免，但事情可惜不是那样。一个新的未来还相当遥远——以至数年后“律师”还是一个颇为陌生的新词。在我所在的那个县，谁都不愿当“律师”，谁也不愿同嫌犯们共裤连裆。据说无奈之下，第一个“律师”还是县长强令指派的，不过那大学生的出庭辩护竟然通篇是骂，完全是针对被告的大批判，比检控一方还骂得振振有词，让很多人哭笑不得……这是后话。

当然，若往细里说，夏如海一案还与他的家庭有关。据他妹后来说，她与他其实既不同父，也不同母，是因父母再婚才有了兄妹关系的。不知为什么，后母与夏家哥哥总是隔，总是犯冲，总是闹成斗鸡眼，只有小妹觉得新添一个哥哥的日子倒也不错。她喜欢夏家哥哥爬树和翻墙的身手，喜欢他的弹弓枪和蟋蟀罐，更享受出门在外时一个男孩的保护。她哥对后母直呼其名“周秀娟”“周秀娟”，甚至让她觉得有趣。上学以后，妈只给她的白面糖包子，她总是偷偷给哥留一半。妈只给她送来的雨伞，她也总是撑到哥的教室前，等哥放学后一同遮雨回家。有一天大风大雨，哥一整天没回来。她撑开雨伞出门寻找，找呵找，最后才在垃圾站找到了一个熟悉人影，跪在蚊蝇乱飞的垃圾堆里，胸中紧抱一团什么。她一看就明白，肯定是妈又同哥吵了，肯定是妈把哥轰出门以后，气得摔东打西，把所有戳眼的东西都扔了出去——其中有一只旧枕头。这是另一个母亲的枕头，是她儿子最后一件偷偷摸摸的收藏。他可以不要弹弓枪和蟋蟀罐，不要课本和书包，但他就是舍不下这只枕头，枕头上一点点熟悉的气息。

她看见哥手上有一些血口子。他在恶臭熏天的垃圾坑里扒开烂菜叶，扒开西瓜皮，扒开血淋淋的鱼鳃片，扒开破罐子和碎玻璃，扒开了五光十色的尿片药渣煤灰废纸死老鼠，最后抱紧一只脏兮兮的枕头泪流满面。

她也哭了。

“哥……回家吧。”

“滚！”

“哥……”

“滚不滚？老子不是你哥！”

“你背过我了，你背过我的……”这意思是她要证明哥哥的身份。

“扣子婆，你今天想死是吧？”

夏家哥哥大概想用狂骂掩盖自己丢人现眼的哭泣，但骂着骂着，一张脸更加扭曲，更加稀里哗啦了。就是在这个夜晚，他抹干妹妹的泪水，有点弥补的意思，然后咬咬牙，说他爸是个酒鬼，早就不要他了。后母更是把他当眼中刺。其实他早就要远走高飞，闯荡江湖，去武当山或南华山，但他怕自己一旦离开，哪一天他亲妈回来了，就找不到他了。他没有办法，只能赖在这里等。

他狠狠地说，妈还会来看他的，来接他的。事实上，他不久前就听到过她的咳嗽声，等他跳下床，冲出门去，深夜的小巷里已寂静无人。但他伸出鼻子嗅一嗅，路灯下分明有一丝熟悉的气息，正是旧枕头上的那种。

扣子婆听不大懂，也不愿听懂，只是哭。

现在我已知道她的大名叫夏小梅。她后来在来信中说，这些年她深深自责的是，她的同情不但于事无补，反而加重了母亲对她哥的愤怒，甚至恐惧和狂乱。“这个吃枪弹的，挨千刀的，果然是人小鬼大，花招诡计还不少呢，敢在我家扣子婆身上动心思了。你一只癞蛤蟆也不自己照一照尿桶？……”想象丰富的后母决不相信自己保护不了女儿，最终使出撒手锏。这时，街道上正巧发生了脚踏车连环盗窃案，被查出来是几个小屁孩所为。后母居然逼着酒鬼丈夫随行，一同去了派出所，给所长送了两瓶酒，不知如何交涉了一番，终于举报成功，把夏如海做进了这个案子——而且是主犯之一。“劳教”三年的胜利成果一举搞定。派出所还把一面“大义灭亲”的大红锦旗送来了夏家。

那个派出所所长，就是小驼背后来在大街上提着驳壳枪要抓捕的“公检法”一员。夏小梅为申诉取证，当然也找过他。那所长似乎也另有苦水，比如曾被“青年近卫军”那些家伙拘禁，在批斗会上一头扎下台子，摔出了一个严重腰脊损伤，后来走到哪里都要带上一个垫腰的大枕头。他承认，当初的“运动式”办案么，可能有点匆忙，但他面对的是嫌犯父母，是人家气壮如牛的大义灭亲疾恶如仇赤胆忠心，他能怎么样？如果说他们是作了伪证，世上哪见过这种虎毒偏要食子的天方夜谭？他怎么知道对方提供的赃物、赃款、证词后面，还有什么家庭恩怨的狗屁隐情？……更可笑的是那个老酒鬼，当初把儿子往死里整的是他，一转身鸣冤叫屈找政府要儿子的也是他，他把人民公安当猴耍呵？

大体情况就是这样。

其实这不过是依托夏小梅的述说，一种情

境化还原的大体想象。很抱歉，我不能保证这种想象有多靠谱，不能保证上述细节和引言都是还原如实。由于所知有限，我也不能保证这些就是情境的全部，比如这里未能涉及小驼背的其他案情，也没留下他父亲和后母的视角——这就像古往今来太多大义凛然的叙事，一些有控无辩的隐形法庭，没给机会让其他当事人开口。

但无论如何，我从未"残废"——这毕竟是事实。证明这一点至少是我该做的。

奇怪的是，自最后一封来信告知申诉得到受理的喜讯之后，夏小梅却突然失联。我给她提供过书面证词，承诺自己可随时出庭作证，而且一直关心她申诉的进展。她似乎没有任何理由消失无踪。一年后的某日，我路过长沙一家国营棉纺厂，被厂牌扎了一下眼，突然想到哎哎哎这不正是夏小梅的通信地址吗？架不住往事涌上心头，我决意进去试试。车间不让外人进入。经传达室一位老头通报，一个工帽和工装上都沾有棉絮的女工，戴着大口罩迟迟才出来见我。她说夏小梅数月前已经辞职，去了哪里大家都不知道。

我只得怏怏地离开。

到底发生了什么？为什么她千辛万苦找到我以后却不辞而别，如同从未出现过，连一句半句的解释都不给？……这个没有结局的故事，本身就是结局了。生活中充满太多有头无尾或有尾无头的碎片，不像小说那样完整。

在这里，我很不愿意说起另一个故事，不愿意尝试一次次心中闪过的猜测和链接。当然，说也无妨，没什么大不了的。事情是这样，一九七八年前后，我的一些朋友陆续获得平反，走出了大墙，不免有时会说起一些墙那边的见闻。忘了是谁说过的一次袭警风波，让我一直没法忘记，忍不住一次次进入情境还原：一件三一三号囚衣。一个身穿三一三号囚衣的小瘦子。一个身穿三一三号囚衣的小瘦子缓缓捡起地上一块小瓷片。有人说这家伙一直不服判，不知被狱警罚晒多少次，在烈日下晒晕过多少次，结下了梁子。又有人说某狱警调戏和辱骂过他妹，一位前来探视的姑娘，让他两眼充血怒不可遏，口口声声要杀人。这些说法都闪闪烁烁难辨虚实。但不管怎么说，狱警们嗅出了危险，对他一度大镣重铐，严加管控，看这只死老鼠还能翻天。果然，死老鼠服软了，好一段活得蔫头蔫脑无声无息，直到那一天去审讯室。他惺惺忪忪地走到半途突然不动了，只是低头看脚，原来小腿不知何时破皮流血，染红了脚镣和破胶鞋。值班狱警骂不动他，也没找到什么帮手，大概觉得血淋淋的画面也刺眼，便去给他开锁解镣，准备带他先去医务室。没料到，就在那一刻，在当事人后来无法清晰回忆的那一刻，一尊沉睡的石头醒了，醒过来了，于眼缝间偷偷泄出一线凶光，突然哗啦啦集聚全身每一个细胞每一根毛发的力量，以泰山压顶之势高举重铐，朝下方那一个后脑勺哗啦啦——恰好砸中那个脑袋。

事情很明显，血迹不过是他的一个圈套，一个诱饵，是他精密计划的关键环节。一块小瓷片造成的流血，足以让他实现最佳角度和最佳距离的打击。

“发癞子——你也有今天呵——”他大声爆出对手的绰号。

“发癞子你这坨臭狗屎——”

“你只配给老子舔胯！你舔呵，舔呵，舔呵！今天你舔过瘾了吧哈哈哈哈——”

……

他是一个得胜回朝的大王，扯歪了一张脸，把狂喜和骄傲宣告四面八方，等待臣民们欢呼的排浪。但四周的监房只是死一般冷寂，好半天还是这样，连一片枯叶飘落的声音仿佛也能听到。

可惜，当天有陌生面孔在审讯室等待他。两位奉命前来的法院干部，正准备对他的案情重新审理。人们后来说，如果法院的人早来那么一天，如果当班警员不是他那个对头，如果他戴的也不是那种重铐，如果他忍过初一再忍忍十五，下手不那么狠，或下手适可而止，没在后脑勺上砸出白浆子……事情就可能是另外一篇了。眼下，白浆子已经出来了，不可能在镜头回放时收缩回去，再多的“如果”都变得毫无意义。

他最终被加刑重判，死刑。

食堂照例是下半夜提早做饭，黑暗中传来滴滴答答的切菜声。为了尽可能避免扰邻生乱，武装警察总是谨慎行事，确保在天亮前悄悄提人，还得安排死囚“上路”前的一顿稍微吃得好点。这样，下半夜的监狱食堂总是让人不安，一有动静就让很多囚犯竖起双耳。一群鼹鼠捕捉风声时就是这样子。

我前面说过，我不太愿意想象这一个情境，不愿意说到这一个早晨。尽管两个故事之间有几分暗合，我说的夏如海却不应该也不至于是这个倒霉的三一三。恰恰相反，几十年过去，他可能眼下还活得好好的，比如在某个工厂退了休，鼻梁上架一副深度老花镜，背着手的小驼背在街上闲逛，看老街坊下棋或打牌，跟在那些广场舞大妈们后面，耸肩撅臀地比画两下子。他身边应该有一条狗，有一个总是泡上浓茶的保温壶，还有夕阳里江面上一片灿烂的光波，南方深广无际的秋天。

很可能的是，他仍住在那条小巷，那个电线杆旁边的红墙小屋。大概是把一个地址住久了，习惯了，就不想离开了。儿子去年给他一沓票子，说什么年月了，把房子翻修一下吧，他也支支吾吾一直没动手。

夏小梅，事情是这样吗？夏小梅，如果你看到我这一篇文章，请理解我没有采用你和你家人的实名，但相信你不难从中读出熟悉的往事，不难知道我在说什么。你肯定没有忘记那一切。如果你愿意，如果你没有特别的障碍，你可以通过杂志编辑部联系我，告诉我你失联后的故事，告诉我你哥眼下或许就是我说的这样。

你是否还会继续保持沉默？

2016年3月

---

*最初发表于2016年《收获》杂志，获《羊城晚报》花地文学榜2017年度短篇小说金奖。

图书在版编目（CIP）数据

归去来 / 韩少功著. 一济南：山东画报出版社，2019.5
（2021.4重印）
（双峰文丛）
ISBN 978-7-5474-2971-6

Ⅰ. ①归… Ⅱ. ①韩… Ⅲ. ①短篇小说－小说集－中国－当代 Ⅳ. ①I247.7

中国版本图书馆CIP数据核字（2019）第038943号

归去来
韩少功 著

丛书策划 李文波
项目统筹 怀志霄
责任编辑 刘 丛
装帧设计 蔡立国

出 版 人 李文波
主管单位 山东出版传媒股份有限公司
出版发行 山东画报出版社
社 址 济南市市中区英雄山路189号B座 邮编 250002
电 话 总编室（0531）82098472
市场部（0531）82098479 82098476（传真）
网 址 http://www.hbcbs.com.cn
电子信箱 hbcb@sdpress.com.cn
印 刷 三河市华东印刷有限公司
规 格 130毫米×185毫米
9.25印张 120千字
版 次 2019年5月第1版
印 次 2021年4月第2次印刷
书 号 ISBN 978-7-5474-2971-6
定 价 58.00元

建议图书分类：文学